GOTT

Der Freigeist

EIN LUSTSPIEL IN FÜNF AUFZÜGEN
VERFERTIGET IM JAHRE 1749

NACHWORT UND ANMERKUNGEN
VON KLAUS BOHNEN

PHILIPP RECLAM JUN. STUTTGART

1980/98

Der Text folgt: Lessings Werke. Vollständige Ausgabe in fünf-
undzwanzig Teilen. Herausgegeben von Julius Petersen und
Waldemar von Olshausen. Dritter Teil. Berlin/Leipzig/Wien/
Stuttgart: Bong, [1925]. – Die Orthographie wurde behutsam
modernisiert.

Universal-Bibliothek Nr. 9981
Alle Rechte vorbehalten
© 1980 Philipp Reclam jun. GmbH & Co., Stuttgart
Bibliographisch ergänzte Ausgabe 1998
Gesamtherstellung: Reclam, Ditzingen. Printed in Germany 1998
RECLAM und UNIVERSAL-BIBLIOTHEK sind eingetragene Marken
der Philipp Reclam jun. GmbH & Co., Stuttgart
ISBN 3-15-009981-1

Personen

Adrast, *der Freigeist*
Theophan, *ein junger Geistlicher*
Lisidor
Juliane ⎫
Henriette ⎭ *Töchter des Lisidor*
Frau Philane
Araspe, *Theophans Vetter*
Johann
Martin
Lisette
Ein Wechsler

　　Die Szene ist ein Saal.

Erster Aufzug

Erster Auftritt

Adrast. Theophan.

Theophan. Werden Sie es übelnehmen, Adrast, wenn ich mich endlich über den stolzen Kaltsinn beklage, den Sie nicht aufhören, gegen mich zu äußern? Schon seit Monaten sind wir in einem Hause, und warten auf einerlei Glück. Zwei liebenswürdige Schwestern sollen es uns machen. Bedenken Sie doch, Adrast! können wir noch dringender eingeladen werden, uns zu lieben, und eine Freundschaft unter uns zu stiften, wie sie unter Brüdern sein sollte? Wie oft bin ich nicht darauf bestanden? – –

Adrast. Ebenso oft haben Sie gesehen, daß ich mich nicht einlassen will. Freundschaft? Freundschaft unter uns? – – Wissen Sie, muß ich fragen, was Freundschaft ist?

Theophan. Ob ich es weiß?

Adrast. Alle Fragen bestürzen, deren wir nicht gewärtig sind. Gut, Sie wissen es. Aber meine Art zu denken, und die Ihrige, diese kennen Sie doch auch?

Theophan. Ich verstehe Sie. Also sollen wir wohl Feinde sein?

Adrast. Sie haben mich schön verstanden! Feinde? Ist denn kein Mittel? Muß denn der Mensch eines von beiden, hassen, oder lieben? Gleichgültig wollen wir einander bleiben. Und ich weiß, eigentlich wünschen Sie dieses selbst. Lernen Sie wenigstens nur die Aufrichtigkeit von mir.

Theophan. Ich bin bereit. Werden Sie mich aber diese Tugend in aller ihrer Lauterkeit lehren?

Adrast. Erst fragen Sie sich selbst, ob sie Ihnen in aller ihrer Lauterkeit gefallen würde?

Theophan. Gewiß. Und Ihnen zu zeigen, ob Ihr künftiger Schüler einige Fähigkeit dazu hat, wollen Sie mich wohl einen Versuch machen lassen?

Adrast. Recht gern.

Theophan. Wo nur mein Versuch nicht ein Meisterstück wird. Hören Sie also, Adrast – – Aber erlauben Sie mir, daß ich mit einer Schmeichelei gegen mich selbst anfange. Ich habe von jeher einigen Wert auf meine Freundschaft gelegt; ich bin vorsichtig, ich bin karg damit gewesen. Sie sind der erste, dem ich sie angeboten habe; und Sie sind der einzige, dem ich sie aufdringen will. – – Umsonst sagt mir Ihr verächtlicher Blick, daß es mir nicht gelingen solle. Gewiß, es soll mir gelingen. Ihr eigen Herz ist mir Bürge; Ihr eigen Herz, Adrast, welches unendlich besser ist, als Ihr Witz, der sich in gewisse groß scheinende Meinungen verliebt hat, vielleicht wünschet.

Adrast. Ich hasse die Lobsprüche, Theophan, und besonders die, welche meinem Herzen auf Unkosten meines Verstandes gegeben werden. Ich weiß eigentlich nicht, was das für Schwachheiten sein müssen (Schwachheiten aber müssen es sein), derentwegen Ihnen mein Herz so wohlgefällt; das aber weiß ich, daß ich nicht eher ruhen werde, als bis ich sie, durch Hülfe meines Verstandes, daraus verdrungen habe.

Theophan. Ich habe die Probe meiner Aufrichtigkeit kaum angefangen, und Ihre Empfindlichkeit ist schon rege. Ich werde nicht weit kommen.

Adrast. So weit als Sie wollen. Fahren Sie nur fort.

Theophan. Wirklich? – – Ihr Herz also ist das beste, das man finden kann. Es ist zu gut, Ihrem Geiste zu dienen, den das Neue, das Besondere geblendet hat, den ein Anschein von Gründlichkeit zu glänzenden Irrtümern dahinreißt, und der, aus Begierde bemerkt zu werden, Sie mit aller Gewalt zu etwas machen will, was nur Feinde der Tugend, was nur Bösewichter sein sollten. Nennen Sie es, wie Sie wollen: Freidenker, starker Geist, Deist; ja, wenn Sie ehrwürdige Benennungen mißbrauchen wollen,

---

verdrungen: verdrängt.
Empfindlichkeit: Gereiztheit, Gekränktheit.
Deist: Vertreter einer aufklärerischen Gottesauffassung, die davon ausgeht, daß

nennen Sie es Philosoph: es ist ein Ungeheuer, es ist die Schande der Menschheit. Und Sie, Adrast, den die Natur zu einer Zierde derselben bestimmte, der nur seinen eignen Empfindungen folgen dürfte, um es zu sein; Sie, mit einer solchen Anlage zu allem, was edel und groß ist, Sie entehren sich vorsätzlich. Sie stürzen sich mit Bedacht aus Ihrer Höhe herab, bei dem Pöbel der Geister einen Ruhm zu erlangen, für den ich lieber aller Welt Schande wählen wollte.

A d r a s t. Sie vergessen sich, Theophan, und wenn ich Sie nicht unterbreche, so glauben Sie endlich gar, daß Sie sich an dem Platze befinden, auf welchem Ihresgleichen ganze Stunden ungestört schwatzen dürfen.

T h e o p h a n. Nein, Adrast, Sie unterbrechen keinen überlästigen Prediger; besinnen Sie sich nur: Sie unterbrechen bloß einen Freund, – – wider Ihren Willen nenne ich mich so, – – der eine Probe seiner Freimütigkeit ablegen sollte.

A d r a s t. Und eine Probe seiner Schmeichelei abgeleget hat; – aber einer verdeckten Schmeichelei, einer Schmeichelei, die eine gewisse Bitterkeit annimmt, um destoweniger Schmeichelei zu scheinen. – – Sie werden machen, daß ich Sie endlich auch verachte. – – Wenn Sie die Freimütigkeit kennten, so würden Sie mir alles unter die Augen gesagt haben, was Sie in Ihrem Herzen von mir denken. Ihr Mund würde mir keine gute Seite geliehen haben, die mir Ihre innere Überzeugung nicht zugesteht. Sie würden mich geradeweg einen Ruchlosen gescholten haben, der sich der Religion nur deswegen zu entziehen suche, damit er seinen Lüsten desto sicherer nachhängen könne. Um sich pathetischer auszudrücken, würden Sie mich einen Höllenbrand, einen eingefleischten Teufel genannt haben. Sie würden keine Verwünschungen gespart, kurz, Sie würden sich so erwiesen haben, wie sich ein Theolog

Gott zwar die Welt erschaffen habe (im Gegensatz zum Atheisten), seitdem aber keinen Einfluß mehr auf ihren Lauf nehme (im Gegensatz zum Theisten).

gegen die Verächter seines Aberglaubens, und also auch seines Ansehens, erweisen muß.

Theophan. Ich erstaune. Was für Begriffe!

Adrast. Begriffe, die ich von tausend Beispielen abgesondert habe. – – Doch wir kommen zu weit. Ich weiß, was ich weiß, und habe längst gelernt, die Larve von dem Gesichte zu unterscheiden. Es ist eine Karnevalserfahrung: Je schöner die erste, desto häßlicher das andere.

Theophan. Sie wollen damit sagen – –

Adrast. Ich will nichts damit sagen, als daß ich noch zu wenig Grund habe, die Allgemeinheit meines Urteils von den Gliedern Ihres Standes, um Ihretwillen einzuschränken. Ich habe mich nach den Ausnahmen zu lange vergebens umgesehen, als daß ich hoffen könnte, die erste an Ihnen zu finden. Ich müßte Sie länger, ich müßte Sie unter verschiedenen Umständen gekannt haben, wenn – –

Theophan. Wenn Sie meinem Gesichte die Gerechtigkeit widerfahren lassen sollten, es für keine Larve zu halten. Wohl! Aber wie können Sie kürzer dazu gelangen, als wenn Sie mich Ihres nähern Umganges würdigen? Machen Sie mich zu Ihrem Freunde, stellen Sie mich auf die Probe – –

Adrast. Sachte! die Probe käme zu spät, wenn ich Sie bereits zu meinem Freunde angenommen hätte. Ich habe geglaubt, sie müsse vorhergehen.

Theophan. Es gibt Grade in der Freundschaft, Adrast; und ich verlange den vertrautesten noch nicht.

Adrast. Kurz, auch zu dem niedrigsten können Sie nicht fähig sein.

Theophan. Ich kann nicht dazu fähig sein? Wo liegt die Unmöglichkeit?

Adrast. Kennen Sie, Theophan, wohl ein Buch, welches das Buch aller Bücher sein soll; welches alle unsere Pflichten enthalten, welches uns zu allen Tugenden die sichersten Vorschriften erteilen soll, und welches der Freundschaft gleichwohl mit keinem Worte gedenkt? Kennen Sie dieses Buch?

Theophan. Ich sehe Sie kommen, Adrast. Welchem *Collin* haben Sie diesen armseligen Einwurf abgeborgt?

Adrast. Abgeborgt, oder selbst erfunden: es ist gleich viel. Es muß ein kleiner Geist sein, der sich Wahrheiten zu borgen schämt.

Theophan. Wahrheiten! – – Sind Ihre übrigen Wahrheiten von gleicher Güte? Können Sie mich einen Augenblick anhören?

Adrast. Wieder predigen?

Theophan. Zwingen Sie mich nicht darzu? Oder wollen Sie, daß man Ihre seichten Spöttereien unbeantwortet lassen soll, damit es scheine, als könne man nicht darauf antworten?

Adrast. Und was können Sie denn darauf antworten?

Theophan. Dieses. Sagen Sie mir, ist die Liebe unter der Freundschaft, oder die Freundschaft unter der Liebe begriffen? Notwendig das letztere. Derjenige also, der die Liebe in ihrem allerweitesten Umfange gebietet, gebietet der nicht auch die Freundschaft? Ich sollte es glauben; und es ist so wenig wahr, daß unser Gesetzgeber die Freundschaft seines Gebotes nicht würdig geschätzt habe, daß er vielmehr seine Lehre zu einer Freundschaft gegen die ganze Welt gemacht hat.

Adrast. Sie bürden ihm Ungereimtheiten auf. Freundschaft gegen die ganze Welt? Was ist das? Mein Freund muß kein Freund der ganzen Welt sein.

Theophan. Und also ist Ihnen nur wohl nichts Freundschaft als jene Übereinstimmung der Temperamente, jene angeborne Harmonie der Gemüter, jener heimliche Zug gegeneinander, jene unsichtbare Kette, die zwei einerlei denkende, einerlei wollende Seelen verknüpfet?

Adrast. Ja, nur dieses ist mir Freundschaft.

Theophan. Nur dieses? Sie widersprechen sich also selbst.

Collin: Anthony Collins (1676–1729), umstrittener englischer Deist und Freidenker, veröffentlichte 1713 sein Hauptwerk »A Discours of Free-thinking«.

Adrast. Oh! daß ihr Leute doch überall Widersprüche findet, außer nur da nicht, wo sie wirklich sind!

Theophan. Überlegen Sie es. Wenn diese, ohne Zweifel nicht willkürliche, Übereinstimmung der Seelen, diese in uns liegende Harmonie mit einem andern einzelnen Wesen allein die wahre Freundschaft ausmacht: wie können Sie verlangen, daß sie der Gegenstand eines Gesetzes sein soll? Wo sie ist, darf sie nicht geboten werden; und wo sie nicht ist, da wird sie umsonst geboten. Und wie können Sie es unserm Lehrer zur Last legen, daß er die Freundschaft in diesem Verstande übergangen hat? Er hat uns eine edlere Freundschaft befohlen, welche jenes blinden Hanges, den auch die unvernünftigen Tiere nicht missen, entbehren kann: eine Freundschaft, die sich nach erkannten Vollkommenheiten mitteilet; welche sich nicht von der Natur lenken läßt, sondern welche die Natur selbst lenket.

Adrast. O Geschwätze!

Theophan. Ich muß Ihnen dieses sagen, Adrast, ob Sie es gleich ebensowohl wissen könnten, als ich; und auch wissen sollten. Was würden Sie selbst von mir denken, wenn ich den Verdacht nicht mit aller Gewalt von mir abzulenken suchte, als mache mich die Religion zu einem Verächter der Freundschaft, die Religion, die Sie nur allzugern aus einem wichtigen Grunde verachten möchten? – – Sehen Sie mich nicht so geringschätzig an; wenden Sie sich nicht auf eine so beleidigende Art von mir – –

Adrast *(beiseite).* Das Pfaffengeschmeiß! – –

Theophan. Ich sehe, Sie gebrauchen Zeit, den ersten Widerwillen zu unterdrücken, den eine widerlegte Lieblingsmeinung natürlicherweise erregt. – Ich will Sie verlassen. Ich erfuhr itzt ohnedem, daß einer von meinen Anverwandten mit der Post angelangt sei. Ich gehe ihm entgegen, und werde die Ehre haben Ihnen denselben vorzustellen.

Zweiter Auftritt

A d r a s t. – – Daß ich ihn nimmermehr wiedersehen dürfte!
Welcher von euch Schwarzröcken wäre auch kein Heuchler? – – Priestern habe ich mein Unglück zu danken. Sie
haben mich gedrückt, verfolgt, so nahe sie auch das Blut
mit mir verbunden hatte. Hassen will ich dich, Theophan
und alle deines Ordens! Muß ich denn auch hier in die
Verwandtschaft der Geistlichkeit geraten? – – Er, dieser
Schleicher, dieser blöde Verleugner seines Verstandes, soll
mein Schwager werden? – – Und mein Schwager durch
Julianen? – Durch Julianen? – Welch grausames Geschick
verfolgt mich doch überall! Ein alter Freund meines verstorbenen Vaters trägt mir eine von seinen Töchtern an.
Ich eile herbei, und muß zu spät kommen, und muß die,
welche auf den ersten Anblick mein ganzes Herz hatte,
die, mit der ich allein glücklich leben konnte, schon
versprochen finden. Ach Juliane! So warest du mir nicht
bestimmt? du, die ich liebe? Und so soll ich mich mit
einer Schwester begnügen, die ich nicht liebe? – –

Dritter Auftritt

Lisidor. Adrast.

L i s i d o r. Da haben wir's! Schon wieder allein, Adrast?
Sagen Sie mir, müssen die Philosophen so zu Winkel
kriechen? Ich wollte doch lieber sonst was sein – – Und,
wenn ich recht gehört habe, so sprachen Sie ja wohl gar
mit sich selber? Nu, nu! es ist schon wahr: ihr Herren
Grillenfänger könnt freilich mit niemand Klügerm reden,
als mit euch selber. Aber gleichwohl ist unsereiner auch
kein Katzenkopf. Ich schwatze eins mit, es mag sein, von
was es will.
A d r a s t. Verzeihen Sie – –
L i s i d o r. Je, mit Seinem Verzeihen! Er hat mir ja noch

nichts zuwider getan – – Ich habe gern, wenn die Leute
lustig sind. Und ich will kein ehrlicher Mann sein, wenn
ich mir nicht eine rechte Freude darauf eingebildet habe,
den Wildfang, wie sie Ihn sonst zu Hause nannten, zu
meinem Schwiegersohne zu haben. Freilich ist Er seitdem
groß gewachsen; Er ist auf Reisen gewesen; Er hat Land
und Leute gesehen. Aber, daß Er so gar sehr verändert
würde wiedergekommen sein, das hätte ich mir nicht
träumen lassen. Da geht Er nun, und spintisiert von dem,
was ist – – und was nicht ist, – – von dem, was sein
könnte, und wenn es sein könnte, warum es wieder nicht
sein könnte; – – von der Notwendigkeit, der halben und
ganzen, der notwendigen Notwendigkeit, und der nicht
notwendigen Notwendigkeit; – – von den A – A – – wie
heißen die kleinen Dingerchen, die so in den Sonnenstrah-
len herumfliegen? – – von den A – A – – Sage doch,
Adrast – –

Adrast. Von den Atomis, wollen Sie sagen.

Lisidor. Ja, ja, von den Atomis, von den Atomis. So
heißen sie, weil man ihrer ein ganz Tausend mit einem
Atem hinunterschlucken kann.

Adrast. Ha! ha! ha!

Lisidor. Er lacht, Adrast? Ja, mein gutes Bürschchen, du
mußt nicht glauben, daß ich von den Sachen ganz und gar
nichts verstehe. Ich habe euch, Ihn und den Theophan, ja
oft genug darüber zanken hören. Ich behalte mir das
Beste. Wenn ihr euch in den Haaren liegt, so fische ich im
trüben. Da fällt manche Brocke ab, die keiner von euch
brauchen kann, und die ist für mich. Ihr dürft deswegen
nicht neidisch auf mich sein; denn ich bereichere mich
nicht von einem allein. Das nehme ich von dir, mein lieber
Adrast; und das vom Theophan; und aus allen dem mache
ich mir hernach ein Ganzes – –

Adrast. Das vortrefflich ungeheuer sein muß.

Lisidor. Wieso?

Adrast. Sie verbinden Tag und Nacht, wenn Sie meine mit
Theophans Gedanken verbinden.

Lisidor. Je nu! so wird eine angenehme Dämmerung
daraus. – – Und überhaupt ist es nicht einmal wahr, daß
ihr so sehr voneinander unterschieden wäret. Einbildungen! Einbildungen! Wie vielmal habe ich nicht allen beiden zugleich recht gegeben? Ich bin es nur allzuwohl
überzeugt, daß alle ehrliche Leute einerlei glauben.

Adrast. Sollten! sollten! das ist wahr.

Lisidor. Nun da sehe man! was ist nun das wieder für ein
Unterschied? Glauben, oder glauben sollen: es kömmt auf
eines heraus. Wer kann alle Worte so abzirkeln? – – Und
ich wette was, wenn ihr nur erst werdet Schwäger sein,
kein Ei wird dem andern ähnlicher sein können. – –

Adrast. Als ich dem Theophan, und er mir?

Lisidor. Gewiß. Noch wißt ihr nicht, was das heißt,
miteinander verwandt sein. Der Verwandtschaft wegen
wird der einen Daumen breit, und der einen Daumen
breit nachgeben. Und einen Daumen breit, und wieder
einen Daumen breit, das macht zwei Daumen breit; und
zwei Daumen breit – – ich bin ein Schelm, wenn ihr die
auseinander seid. – Nichts aber könnte mich in der Welt
wohl so vergnügen, als daß meine Töchter so vortrefflich
für euch passen. Die Juliane ist eine geborne Priesterfrau;
und Henriette – – in ganz Deutschland muß kein Mädchen zu finden sein, das sich für Ihn, Adrast, besser
schickte. Hübsch, munter, fix; sie singt, sie tanzt, sie
spielt; kurz, sie ist meine leibhafte Tochter. Juliane darge-
gen ist die liebe, heilige Einfalt.

Adrast. Juliane? Sagen Sie das nicht. Ihre Vollkommenheiten fallen vielleicht nur weniger in die Augen. Ihre Schönheit blendet nicht; aber sie geht ans Herz. Man läßt sich
gern von ihren stillen Reizen fesseln, und man biegt sich
mit Bedacht in ihr Joch, das uns andere in einer fröhlichen
Unbesonnenheit überwerfen müssen. Sie redet wenig;
aber auch ihr geringstes Wort hat Vernunft.

Lisidor. Und Henriette?

Adrast. Es ist wahr: Henriette weiß sich frei und witzig
auszudrücken. Würde es aber Juliane nicht auch können,

wenn sie nur wollte, und wenn sie nicht Wahrheit und
Empfindung jenem prahlenden Schimmer vorzöge? Alle
Tugenden scheinen sich in ihrer Seele verbunden zu
haben – –

Lisidor. Und Henriette?

Adrast. Es sei ferne, daß ich Henrietten irgend eine
Tugend absprechen sollte. Aber es gibt ein gewisses Äu-
ßeres, welches sie schwerlich vermuten ließe, wenn man
nicht andre Gründe für sie hätte. Julianens gesetzte An-
mut, ihre ungezwungene Bescheidenheit, ihre ruhige
Freude, ihre – –

Lisidor. Und Henriettens?

Adrast. Henriettens wilde Annehmlichkeiten, ihre wohl
lassende Dreustigkeit, ihre fröhlichen Entzückungen ste-
chen mit den gründlichen Eigenschaften ihrer Schwester
vortrefflich ab. Aber Juliane gewinnt dabei – –

Lisidor. Und Henriette?

Adrast. Verlieret dabei nichts. Nur daß Juliane – –

Lisidor. Ho! ho! Herr Adrast, ich will doch nicht hoffen,
daß Sie auch an der Narrheit krank liegen, welche die
Leute nur das für gut und schön erkennen läßt, was sie
nicht bekommen können. Wer Henker hat Sie denn ge-
dungen, Julianen zu loben?

Adrast. Fallen Sie auf nichts Widriges. Ich habe bloß
zeigen wollen, daß mich die Liebe für meine Henriette
gegen die Vorzüge ihrer Schwester nicht blind mache.

Lisidor. Nu, nu! wenn das ist, so mag es hingehen. Sie ist
auch gewiß ein gutes Kind, die Juliane. Sie ist der Augap-
fel ihrer Großmutter. Und das gute, alte Weib hat tausendmal gesagt, die Freude über ihr Julchen erhielte sie
noch am Leben.

Adrast. Ach!

Lisidor. Das war ja gar geseufzt. Was Geier ficht Ihn an?
Pfui! Ein junger gesunder Mann, der alle Viertelstunden
eine Frau nehmen will, wird seufzen? Spare Er Sein
Seufzen, bis Er die Frau hat!

---

ihre ... Dreustigkeit: ihre sie gut kleidende Dreistigkeit.

Vierter Auftritt

Johann. Adrast. Lisidor.

Johann. Pst! Pst!

Lisidor. Nu? Nu?

Johann. Pst! Pst!

Adrast. Was gibt's?

Johann. Pst! Pst!

Lisidor. Pst! Pst! Mosjeu Johann. Kann der Schurke nicht näher kommen?

Johann. Pst, Herr Adrast! Ein Wort im Vertrauen.

Adrast. So komm her!

Johann. Im Vertrauen, Herr Adrast.

Lisidor *(welcher auf ihn zu geht).* Nun? was willst du?

Johann *(geht auf die andre Seite).* Pst! Herr Adrast, nur ein Wörtchen, ganz im Vertrauen!

Adrast. So pack dich her, und rede.

Lisidor. Rede! rede! Was kann der Schwiegersohn haben, das der Schwiegervater nicht hören dürfte?

Johann. Herr Adrast! *(Zieht ihn an dem Ärmel beiseite.)*

Lisidor. Du Spitzbube, willst mich mit aller Gewalt vom Platze haben. Rede nur, rede! ich gehe schon.

Johann. Oh! Sie sind gar zu höflich. Wenn Sie einen kleinen Augenblick dort in die Ecke treten wollen: so können Sie immer da bleiben.

Adrast. Bleiben Sie doch! ich bitte.

Lisidor. Nu! wenn ihr meint – *(indem er auf sie zu kömmt).*

Adrast. Nun sage, was willst du?

Johann *(welcher sieht, daß ihm Lisidor wieder nahe steht).* Nichts.

Adrast. Nichts?

Johann. Nichts, gar nichts.

Lisidor. Das Wörtchen im Vertrauen, hast du es schon wieder vergessen?

Johann. Potz Stern! sind Sie da? Ich denke, Sie stehen dort im Winkel.

Lisidor. Narre, der Winkel ist näher gerückt.

Johann. Daran hat er sehr unrecht getan.

Adrast. Halte mich nicht länger auf, und rede.

Johann. Herr Lisidor, mein Herr wird böse.

Adrast. Ich habe vor ihm nichts Geheimes: rede!

Johann. So habe ich auch nichts für Sie.

Lisidor. Galgendieb, ich muß dir nur deinen Willen tun. –
– Ich gehe auf meine Stube, Adrast: wenn Sie zu mir
kommen wollen –

Adrast. Ich werde Ihnen gleich folgen.

Fünfter Auftritt

Johann. Adrast.

Johann. Ist er fort?

Adrast. Was hast du mir denn zu sagen? Ich wette, es ist
eine Kleinigkeit; und der Alte wird sich einbilden, daß es
Halssachen sind.

Johann. Eine Kleinigkeit? – – Mit einem Worte, Herr
Adrast, wir sind verloren. Und Sie konnten verlangen,
daß ich es in Gegenwart des Lisidors sagen sollte?

Adrast. Verloren? Und wie denn? Erkläre dich.

Johann. Was ist da zu erklären? Kurz, wir sind verloren. –
– Aber so unvorsichtig hätte ich mir Sie doch nimmer-
mehr eingebildet, daß Sie es sogar Ihren künftigen
Schwiegervater wollten hören lassen – –

Adrast. So laß mich es nur hören – –

Johann. Wahrhaftig, er hätte die Lust auf einmal verlieren
können, es jemals zu werden. – – So ein Streich!

Adrast. Nun? was denn für ein Streich? Wie lange wirst du
mich noch martern?

Johann. Ein ganz verdammter Streich. – – Ja, ja! wenn der

Halssachen: Sachen von Wichtigkeit und Gefährlichkeit.

Bediente nicht oft behutsamer wäre, als der Herr: es
würden artige Dinge herauskommen.

A d r a s t. Nichtswürdiger Schlingel – –

J o h a n n. Ho, ho! ist das mein Dank? Wenn ich es doch nur
gesagt hätte, wie der Alte da war. Wir hätten wollen
sehen! wir hätten wollen sehen –

A d r a s t. Daß dich dieser und jener – –

J o h a n n. Ha, ha! nach dem diesen und jenen wird nicht
mehr gefragt. Ich weiß doch wohl, daß Sie den Teufel
meinen, und daß keiner ist. Ich müßte wenig von Ihnen
gelernt haben, wenn ich nicht der ganzen Hölle ein
Schnippchen schlagen wollte.

A d r a s t. Ich glaube, du spielst den Freigeist? Ein ehrlicher
Mann möchte einen Ekel davor bekommen, wenn er
sieht, daß es ein jeder Lumpenhund sein will. – – Aber ich
verbiete dir nunmehr, mir ein Wort zu sagen. Ich weiß
doch, daß es nichts ist.

J o h a n n. Ich sollte es Ihnen nicht sagen? Ich sollte Sie so in
Ihr Unglück rennen lassen? Das wollen wir sehen.

A d r a s t. Gehe mir aus den Augen!

J o h a n n. Nur Geduld! – – Sie erinnern sich doch wohl so
ohngefähr, wie Sie Ihre Sachen zu Hause gelassen
haben?

A d r a s t. Ich mag nichts wissen.

J o h a n n. Ich sage Ihnen ja auch noch nichts. – – Sie
erinnern sich doch wohl auch der Wechsel, die Sie an den
Herrn Araspe vor Jahr und Tag ausstellten?

A d r a s t. Schweig, ich mag nichts davon hören.

J o h a n n. Ohne Zweifel, weil Sie sie vergessen wollen?
Wenn sie nur dadurch bezahlt würden. – – Aber wissen
Sie denn auch, daß sie verfallen sind?

A d r a s t. Ich weiß, daß du dich nicht darum zu bekümmern
hast.

J o h a n n. Auch das verbeiße ich. – Sie denken freilich: Weit
davon, ist gut für den Schuß; und Herr Araspe hat eben

---

weit davon … Schuß: Redensart; heute etwa: es ist gut, weit weg vom Schuß zu
sein.

nicht nötig, so sehr dahinterher zu sein. Aber, was meinen
Sie, wenn ich den Herrn Araspe – –

A d r a s t. Nun was?

J o h a n n. Jetzt den Augenblick vom Postwagen hätte stei-
gen sehen?

A d r a s t. Was sagst du? Ich erstaune – –

J o h a n n. Das tat ich auch, als ich ihn sah.

A d r a s t. Du, Araspen gesehen? Araspen hier?

J o h a n n. Mein Herr, ich habe mich auf den Fuß gesetzt,
daß ich Ihre und meine Schuldner gleich auf den ersten
Blick erkenne; ja ich rieche sie schon, wenn sie auch noch
hundert Schritt von mir sind.

A d r a s t *(nachdem er nachgedacht)*. Ich bin verloren!

J o h a n n. Das war ja mein erstes Wort.

A d r a s t. Was ist anzufangen?

J o h a n n. Das beste wird sein: wir packen auf, und ziehen
weiter.

A d r a s t. Das ist unmöglich.

J o h a n n. Nun so machen Sie sich gefaßt, zu bezahlen.

A d r a s t. Das kann ich nicht; die Summe ist zu groß.

J o h a n n. Oh! ich sagte auch nur so. – – Sie sinnen?

A d r a s t. Doch wer weiß auch, ob er ausdrücklich meinetwegen hergekommen ist. Er kann andre Geschäfte
haben.

J o h a n n. Je nu! so wird er das Geschäfte mit Ihnen so
beiher treiben. Wir sind doch immer geklatscht.

A d r a s t. Du hast recht. – – Ich möchte rasend werden,
wenn ich an alle die Streiche gedenke, die mir ein unge-
rechtes Schicksal zu spielen nicht aufhört. – Doch wider
wen murre ich? Wider ein taubes Ohngefähr? Wider einen
blinden Zufall, der uns ohne Absicht und ohne Vorsatz
schwerfällt? Ha! nichtswürdiges Leben! –

J o h a n n. Oh! lassen Sie mir das Leben ungeschimpft. So
einer Kleinigkeit wegen sich mit ihm zu überwerfen, das
wäre was Gescheutes!

---

ich habe … gesetzt: ich habe es dahin gebracht.
geklatscht: verloren.

Adrast. So rate mir doch, wenn du es für eine Kleinigkeit ansiehst.

Johann. Fällt Ihnen im Ernste kein Mittel ein? – – Bald werde ich Sie gar nicht mehr für den großen Geist halten, für den ich Sie doch immer gehalten habe. Fortgehen wollen Sie nicht; bezahlen können Sie nicht: was ist denn noch übrig?

Adrast. Mich ausklagen zu lassen.

Johann. O pfui! Worauf ich gleich zuerst fallen würde, wenn ich auch bezahlen könnte – –

Adrast. Und was ist denn das?

Johann. Schwören Sie den Bettel ab.

Adrast *(mit einer bittern Verachtung)*. Schurke!

Johann. Wie? Was bin ich? So einen brüderlichen Rat – –

Adrast. Ja wohl ein brüderlicher Rat, den du nur deinen Brüdern, Leuten deinesgleichen, geben solltest.

Johann. Sind Sie Adrast? Ich habe Sie wohl niemals über das Schwören spotten hören?

Adrast. Über das Schwören, als Schwören, nicht aber als eine bloße Beteurung seines Wortes. Diese muß einem ehrlichen Manne heilig sein, und wenn auch weder Gott noch Strafe ist. Ich würde mich ewig schämen, meine Unterschrift geleugnet zu haben, und ohne Verachtung meiner selbst, nie mehr meinen Namen schreiben können.

Johann. Aberglauben über Aberglauben. Zu einer Türe haben Sie ihn herausgejagt, und zu der andern lassen Sie ihn wieder herein.

Adrast. Schweig! ich mag dein lästerliches Geschwätze nicht anhören. Ich will Araspen aufsuchen. Ich will ihm Vorstellungen tun; ich will ihm von meiner Heirat sagen; ich will ihm Zinsen über Zinsen versprechen. – – Ich treffe ihn doch wohl noch in dem Posthause?

Johann. Vielleicht. – – Da geht er, der barmherzige Schlucker. Das Maul ist groß genug an ihm; aber wenn es

---

barmherzige Schlucker: armselige Kerl.

dazu kömmt, daß er das, was er glaubt, mit Taten beweisen soll, da zittert das alte Weib! Wohl dem, der nach
seiner Überzeugung auch leben kann! So hat er doch noch
etwas davon. Ich sollte an seiner Stelle sein. – – Doch ich
muß nur sehen, wo er bleibt.

(Ende des ersten Aufzugs.)

Zweiter Aufzug

Erster Auftritt

Juliane. Henriette. Lisette.

Lisette. Vor allen Dingen, meine lieben Mamsells, ehe ich Ihre kleine Streitigkeit schlichte, lassen Sie uns ausmachen, welcher von Ihnen ich heute zugehöre. Sie wissen wohl, Ihre Herrschaft über mich ist umzechig. Denn weil es unmöglich sein soll, zweien Herren zu dienen, so hat Ihr wohlweiser Papa – – neigen Sie sich, Mamsells, neigen Sie sich! – – so hat, sage ich, Ihr wohlweiser Papa wohlbedächtig mich damit verschonen wollen, das Unmögliche möglich zu machen. Er hat jede von Ihnen einen Tag um den andern zu meiner hauptsächlichen Gebieterin gemacht; so daß ich den einen Tag der sanften Juliane ehrbares Mädchen, und den andern der muntern Henriette wilde Lisette sein muß. Aber jetzt, seitdem die fremden Herren im Hause sind – –

Henriette. Unsre Anbeter meinst du – –

Lisette. Ja, ja! Ihre Anbeter, welche bald Ihre hochbefehlenden Ehemänner sein werden – – Seitdem, sage ich, diese im Hause sind, geht alles drüber und drunter; ich werde aus einer Hand in die andere geschmissen; und ach! unsere schöne Ordnung liegt mit dem Nähzeuge, das Sie seit eben der Zeit nicht angesehen haben, unterm Nachttische. Hervor wieder damit! Ich muß wissen, woran ich mit Ihnen bin, wenn ich ein unparteiisches Urteil fällen soll.

Henriette. Das wollen wir bald ausrechnen. – – Du besinnst dich doch wohl auf den letzten Feiertag, da dich meine Schwester mit in die Nachmittagspredigt schleppte, so gerne du auch mit mir auf unser Vorwerk gefahren wärest? Du warst damals sehr strenge, Juliane! – – –

---

umzechig: umschichtig, wechselweis.

Juliane. Ich habe doch wohl nicht einer ehrlichen Seele einen vergeblichen Weg nach ihr hinaus gemacht?

Henriette. Lisette – –

Lisette. Stille, Mamsell Henriette! nicht aus der Schule geschwatzt, oder – –

Henriette. Mädchen drohe nicht! Du weißt wohl, ich habe ein gut Gewissen.

Lisette. Ich auch. – – Doch lassen Sie uns nicht das Hundertste ins Tausendste schwatzen. – – Recht! an den Feiertag will ich gedenken! Er war der letzte in unsrer Ordnung; denn noch den Abend kam Theophan an.

Henriette. Und also, mit Erlaubnis meiner Schwester, bist du heute meine.

Juliane. Ohne Widerrede.

Lisette. Juchhei! Mamsellchen. Ich bin also heute Ihre: Juchhei!

Juliane. Ist das dein Lösungswort unter ihrer Fahne?

Lisette. Ohne weitere Umstände: erzählen Sie mir nunmehr Ihre Streitigkeit. – – Unterdessen lege ich mein Gesicht in richterliche Falten.

Juliane. Streitigkeit? Eine wichtige Streitigkeit? Ihr seid beide Schäkerinnen. – – Ich will nichts mehr davon hören.

Henriette. So? Du willst keinen Richter erkennen? Ein klarer Beweis, daß du unrecht hast. – Höre nur, Lisette! wir haben über unsre Anbeter gezankt. Ich will die Dinger immer noch so nennen, mag doch zuletzt daraus werden, was da will.

Lisette. Das dachte ich. Über was könnten sich zwei gute Schwestern auch sonst zanken? Es ist freilich verdrießlich, wenn man sein künftiges Haupt verachten hört.

Henriette. Schwude! Mädchen; du willst ganz auf die falsche Seite. Keine hat des andern Anbeter verachtet; sondern unser Zank kam daher, weil eine des andern Anbeter – – schon wieder Anbeter! – – allzusehr erhob.

Schwude!: ursprünglich alter Fuhrmannsruf (Zuruf an Zugtiere, sich nach links zu wenden); hier etwa: im Gegenteil!

Lisette. Eine neue Art Zanks! wahrhaftig, eine neue Art!

Henriette. Kannst du es anders sagen, Juliane?

Juliane. Oh! verschone mich doch damit.

Henriette. Hoffe auf kein Verschonen, wenn du nicht widerrufst. – – Sage, Lisette, hast du unsre Männerchen schon einmal gegeneinander gehalten? Was dünkt dich? Juliane macht ihren armen Theophan herunter, als wenn er ein kleines Ungeheuer wäre.

Juliane. Unartige Schwester! Wann habe ich dieses getan? Mußt du aus einer flüchtigen Anmerkung, die du mir gar nicht hättest aufmutzen sollen, solche Folgen ziehen?

Henriette. Ich seh, man muß dich böse machen, wenn du mit der Sprache heraus sollst. – – Eine flüchtige Anmerkung nennst du es? Warum strittest du denn über ihre Gründlichkeit?

Juliane. Du hast doch närrische Ausdrücke! Fingst du nicht den ganzen Handel selbst an? Ich glaubte, wie sehr ich dir schmeicheln würde, wenn ich deinen Adrast den wohlgemachtesten Mann nennte, den ich jemals gesehen hätte. Du hättest mir für meine Gesinnungen danken, nicht aber widersprechen sollen.

Henriette. Sieh, wie wunderlich du bist! Was war mein Widerspruch anders, als ein Dank? Und wie konnte ich mich nachdrücklicher bedanken, als wenn ich den unverdienten Lobspruch auf deinen Theophan zurückschob? –

Lisette. Sie hat recht!

Juliane. Nein, sie hat nicht recht. Denn eben dieses verdroß mich. Muß sie auf einen so kindischen Fuß mit mir umgehen? Sahe sie mich nicht dadurch für ein kleines spielendes Mädchen an, das zu ihr gesagt hätte: Deine Puppe ist die schönste; und dem sie also, um es nicht böse zu machen, antworten müßte: Nein, deine ist die schönste?

Anmerkung ... aufmutzen sollen: Anmerkung, die du mir nicht zum Vorwurf machen sollst.

Lisette. Nun hat sie recht!

Henriette. Oh! geh, du bist eine artige Richterin. Hast du schon vergessen, daß du mir heute angehörst?

Lisette. Desto schärfer eben werde ich gegen Sie sein, damit ich nicht parteiisch lasse.

Juliane. Glaube mir nur, daß ich bessere Eigenschaften an einer Mannsperson zu schätzen weiß, als seine Gestalt. Und es ist genug, daß ich diese bessern Eigenschaften an dem Theophan finde. Sein Geist –

Henriette. Von dem ist ja nicht die Rede. Jetzt kömmt es auf den Körper an, und dieser ist an dem Theophan schöner, du magst sagen, was du willst. Adrast ist besser gewachsen: gut; er hat einen schönern Fuß: ich habe nichts dawider. Aber laß uns auf das Gesicht kommen. – –

Juliane. So stückweise habe ich mich nicht eingelassen.

Henriette. Das ist eben dein Fehler. – Was für ein Stolz, was für eine Verachtung aller andern blickt nicht dem Adrast aus jeder Miene! Du wirst es Adel nennen; aber machst du es dadurch schön? Umsonst sind seine Gesichtszüge noch so regelmäßig: sein Eigensinn, seine Lust zum Spotten hat eine gewisse Falte hineingebracht, die ihm in meinen Augen recht häßlich läßt. Aber ich will sie ihm gewiß herausbringen: laß nur die Flitterwochen erst vorbei sein. – – Dein Theophan hingegen hat das liebenswürdigste Gesicht von der Welt. Es herrscht eine Freundlichkeit darin, die sich niemals verleugnet. – –

Juliane. Sage mir doch nur nichts, was ich ebensogut bemerkt habe, als du. Allein eben diese seine Freundlichkeit ist nicht sowohl das Eigentum seines Gesichts, als die Folge seiner innern Ruhe. Die Schönheit der Seele bringt auch in einen ungestalteten Körper Reize; so wie ihre Häßlichkeit dem vortrefflichsten Baue und den schönsten Gliedern desselben, ich weiß nicht was eindrückt, das einen unzuerklärenden Verdruß erwecket. Wenn Adrast

---

parteiisch lasse: als parteiisch erscheine.
häßlich läßt: häßlich steht.

eben der fromme Mann wäre, der Theophan ist; wenn
seine Seele von ebenso göttlichen Strahlen der Wahrheit,
die er sich mit Gewalt zu verkennen bestrebet, erleuchtet
wäre: so würde er ein Engel unter den Menschen sein; da
er jetzt kaum ein Mensch unter den Menschen ist. Zürne
nicht, Henriette, daß ich so verächtlich von ihm rede.
Wenn er in gute Hände fällt, kann er noch alles das
werden, was er jetzt nicht ist, weil er es nie hat sein
wollen. Seine Begriffe von der Ehre, von der natürlichen
Billigkeit sind vortrefflich. – –

Henriette *(spöttisch)*. Oh! du machst ihn auch gar zu sehr
herunter. – – Aber im Ernste, kann ich nicht sagen, daß
du mich nunmehr für das kleine spielende Mädchen ansiehst? Ich mag ja nicht von dir seinetwegen zufriedenge-
stellt sein. Er ist, wie er ist, und lange gut für mich. Du
sprachst von guten Händen, in die er fallen müßte, wenn
noch was aus ihm werden sollte. Da er in meine nunmehr
gefallen ist, wird er wohl nicht anders werden. Mich nach
ihm zu richten, wird mein einziger Kunstgriff sein, uns
das Leben erträglich zu machen. Nur die verdrießlichen
Gesichter muß er ablegen; und da werde ich ihm die
Gesichter deines Theophans zum Muster vorschlagen.

Juliane. Schon wieder Theophan, und seine freundlichen
Gesichter?

Lisette. Stille! Mamsell – –

Zweiter Auftritt

Theophan. Juliane. Henriette. Lisette.

Henriette *(springt dem Theophan entgegen)*. Kommen
Sie doch, Theophan, kommen Sie! – – Können Sie wohl
glauben, daß ich Ihre Partei gegen meine Schwester habe
halten müssen? Bewundern Sie meine Uneigennützigkeit.
Ich habe Sie bis in den Himmel erhoben, da ich doch
weiß, daß ich Sie nicht bekomme, sondern daß Sie für

meine Schwester bestimmt sind, die Ihren Wert nicht
kennet. Denken Sie nur, sie behauptet, daß Sie keine so
schöne Person vorstellten, als Adrast. Ich weiß nicht, wie
sie das behaupten kann. Ich sehe doch den Adrast mit den
Augen einer Verliebten an, das ist, ich mache mir ihn
noch zehnmal schöner, als er ist, und gleichwohl geben
Sie ihm, meines Bedünkens, nichts nach. Sie spricht zwar,
auf der Seite des Geistes hätten Sie mehr Vorzüge; aber
was wissen wir Frauenzimmer denn vom Geiste?

Juliane. Die Schwätzerin! Sie kennen sie, Theophan: glauben Sie ihr nicht.

Theophan. Ich ihr nicht glauben, schönste Juliane?
Warum wollen Sie mich nicht in der glücklichen Überzeugung lassen, daß Sie so vorteilhaft von mir gesprochen
haben? – – Ich danke Ihnen, angenehmste Henriette, für
Ihre Verteidigung; ich danke Ihnen umsovielmehr, je
stärker ich selbst überführet bin, daß Sie eine schlechte
Sache haben verteidigen müssen. Allein – –

Henriette. Oh! Theophan, von Ihnen verlange ich es
nicht, daß Sie mir recht geben sollen. Es ist eine andere
gewisse Person – –

Juliane. Lassen Sie dieser andern Person Gerechtigkeit
widerfahren, Theophan. Sie werden, hoffe ich, meine
Gesinnungen kennen – –

Theophan. Gehen Sie nicht mit mir, als mit einem Fremden um, liebste Juliane. Brauchen Sie keine Einlenkungen;
ich würde bei jeder nähern Bestimmung verlieren. – – Bei
den Büchern, in einer engen staubigten Studierstube,
vergißt man des Körpers sehr leicht; und Sie wissen, der
Körper muß ebensowohl bearbeitet werden, als die Seele,
wenn beide diejenigen Vollkommenheiten erhalten sollen,
deren sie fähig sind. Adrast ist in der großen Welt erzogen
worden; er hat alles, was bei derselben beliebt macht –

Henriette. Und wenn es auch Fehler sein sollten. – –

Theophan. Wenigstens habe ich diese Anmerkung nicht
machen wollen. – – Aber nur Geduld! ein großer Verstand
kann diesen Fehlern nicht immer ergeben sein. Adrast

wird das Kleine derselben endlich einsehen, welches sich
nur allzusehr durch das Leere verrät, das sie in unsern
Herzen zurücklassen. Ich bin seiner Umkehr so gewiß,
daß ich ihn schon im voraus darum liebe. – – Wie glücklich werden Sie mit ihm leben, glückliche Henriette!

Henriette. So edel spricht Adrast niemals von Ihnen,
Theophan. – –

Juliane. Abermals eine recht garstige Anmerkung, meine
liebe Schwester. – – Was suchst du damit, daß du dem
Theophan dieses sagst? Es ist allezeit besser, wenn man es
nicht weiß, wer von uns übel spricht. Die Kenntnis
unserer Verleumder wirkt auch in dem großmütigsten
Herzen eine Art von Entfernung gegen sie, die ihre
Aussöhnung mit der beleidigten Person nur noch schwe-
rer macht.

Theophan. Sie entzücken mich, Juliane. Aber fürchten
Sie nichts! Eben darin soll über kurz oder lang mein
Triumph bestehen, daß ich den mich jetzt verachtenden
Adrast besser von mir zu urteilen gezwungen habe. Würde ich aber nicht diesen ganzen Triumph zernichten,
wenn ich selbst einigen Groll gegen ihn fassen wollte?
Noch hat er sich nicht die Mühe genommen, mich näher
kennenzulernen. Vielleicht, daß ich ein Mittel finde, ihn
dazu zu vermögen. – – Lassen Sie uns nur jetzt davon
abbrechen; und erlauben Sie, daß ich einen meiner nächsten Blutsfreunde bei Ihnen anmelden darf, der sich ein
Vergnügen daraus gemacht hat, mich hier zu über-
raschen. –

Juliane. Einen Anverwandten?

Henriette. Und wer ist es?

Theophan. Araspe.

Juliane. Araspe?

Henriette. Ei! das ist ja vortrefflich! Wo ist er denn?

Theophan. Er war eben abgestiegen, und hat mir versprochen, unverzüglich nachzufolgen.

vermögen: bewegen.

Henriette. Weiß es der Papa schon?
Theophan. Ich glaube nicht.
Juliane. Und die Großmama?
Henriette. Komm, Schwesterchen! diese fröhliche Nach-
    richt müssen wir ihnen zuerst bringen. – – Du bist doch
    nicht böse auf mich?
Juliane. Wer kann auf dich böse sein, Schmeichlerin?
    Komm nur!
Theophan. Erlauben Sie, daß ich ihn hier erwarte.
Henriette. Bringen Sie ihn aber nur bald. Hören Sie!

Dritter Auftritt

Theophan. Lisette.

Lisette. Ich bleibe, Herr Theophan, um Ihnen noch ein
    kleines großes Kompliment zu machen. Wahrhaftig! Sie
    sind der glücklichste Mann von der Welt! und wenn Herr
    Lisidor, glaube ich, noch zwei Töchter hätte, so würden
    sie doch alle viere in Sie verliebt sein.
Theophan. Wie versteht Lisette das?
Lisette. Ich verstehe es so: daß wenn es alle viere sein
    würden, es jetzt alle zwei sein müssen.
Theophan *(lächelnd)*. Noch dunkler!
Lisette. Das sagt Ihr Lächeln nicht. – Wenn Sie aber
    wirklich Ihre Verdienste selbst nicht kennen, so sind Sie
    nur desto liebenswerter. Juliane liebt Sie: und das geht mit
    rechten Dingen zu, denn sie soll Sie lieben. Nur schade,
    daß ihre Liebe so ein gar vernünftiges Ansehen hat. Aber
    was soll ich zu Henrietten sagen? Gewiß sie liebt Sie auch,
    und was das Verzweifeltste dabei ist, sie liebt Sie – aus
    Liebe. – Wenn Sie sie doch nur alle beide auch heiraten
    könnten!
Theophan. Sie meint es sehr gut, Lisette!
Lisette. Ja, wahrhaftig! alsdann sollten Sie mich noch
    obendrein behalten.

Theophan. Noch besser! Aber ich sehe, Lisette hat Verstand – –

Lisette. Verstand? Auf das Kompliment weiß ich, leider! nichts zu antworten. Auf ein anders: Lisette ist schön, habe ich wohl ungefähr antworten lernen: Mein Herr, Sie scherzen. Ich weiß nicht, ob sich diese Antwort hieher auch schickt.

Theophan. Ohne Umstände! – – Lisette kann mir einen Dienst erzeigen, wenn sie mir ihre wahre Meinung von Julianen entdeckt. Ich bin gewiß, daß sie auch in ihren Mutmaßungen nicht weit vom Ziele treffen wird. Es gibt gewisse Dinge, wo ein Frauenzimmerauge immer schärfer sieht, als hundert Augen der Mannspersonen.

Lisette. Verzweifelt! diese Erfahrung können Sie wohl nimmermehr aus Büchern haben – – Aber, wenn Sie nur acht auf meine Reden gegeben hätten; ich habe Ihnen bereits meine wahre Meinung von Julianen gesagt. Sagte ich Ihnen nicht, daß mir ihre Liebe ein gar zu vernünftiges Ansehen zu haben scheine? Darin liegt alles, was ich davon denke. Überlegung, Pflicht, vorzügliche Schönheiten der Seele – – Ihnen die Wahrheit zu sagen, gegen so vortreffliche Worte, in einem weiblichen Munde, mag ein Liebhaber immer ein wenig mißtrauisch sein. Und noch eine kleine Beobachtung gehöret hieher: diese nämlich, daß sie mit den schönen Worten weit sparsamer gewesen, als Herr Theophan allein im Hause war.

Theophan. Gewiß?

Lisette *(nachdem sie ihn einen Augenblick angesehen).* Herr Theophan! Herr Theophan! Sie sagen dieses Gewiß mit einer Art, – – mit einer Art, –

Theophan. Mit was für einer Art?

Lisette. Ja! nun ist sie wieder weg. Die Mannspersonen! die Mannspersonen! Und wenn es auch gleich die allerfrömmsten sind – – Doch ich will mich nicht irremachen lassen. Seit Adrast im Hause ist, wollte ich sagen, fallen

---

Verzweifelt!: Verteufelt richtig, verdammt wahr!

zwischen dem Adrast und Julianen dann und wann Blicke
vor –

Theophan. Blicke? – Sie beunruhiget mich, Lisette.

Lisette. Und das Beunruhigen können Sie so ruhig aus-
sprechen, so ruhig – – Ja, Blicke fallen zwischen ihnen
vor; Blicke, die nicht ein Haar anders sind, als die Blicke,
die dann und wann zwischen Mamsell Henrietten und
dem vierten vorfallen – –

Theophan. Was für einem vierten?

Lisette. Werden Sie nicht ungehalten. Wenn ich Sie gleich
den vierten nenne, so sind Sie eigentlich doch in aller
Absicht der erste.

Theophan (*die ersten Worte beiseite*). Die Schlaue! – – –
Sie beschämt mich für meine Neubegierde, und ich habe
es verdient. Nichtsdestoweniger aber irret Sie sich, Lisette; gewaltig irret Sie sich – –

Lisette. O pfui! Sie machten mir vorhin ein so artiges
Kompliment, und nunmehr gereuet es Sie auf einmal, mir
es gemacht zu haben. – Ich müßte gar nichts von dem
Verstande besitzen, den Sie mir beilegten, wenn ich mich
so gar gewaltig irren sollte. – –

Theophan (*unruhig und zerstreut*). Aber wo bleibt er
denn? – –

Lisette. Mein Verstand? – Wo er will. – So viel ist gewiß,
daß Adrast bei Henrietten ziemlich schlecht steht, sosehr
sie sich auch nach seiner Weise zu richten scheint. Sie
kann alles leiden, nur geringgeschätzt zu werden, kann sie
nicht leiden. Sie weiß es allzuwohl, für was uns Adrast
ansieht: für nichts, als Geschöpfchen, die aus keiner
andern Absicht da sind, als den Männern ein Vergnügen
zu machen. Und das ist doch sehr nichtswürdig gedacht!
Aber da kann man sehen, in was für gottlose Irrtümer die
ungläubigen Leute verfallen. – – Nu? Hören Sie mir nicht
mehr zu, Herr Theophan? Wie so zerstreut? wie so
unruhig?

Theophan. Ich weiß nicht, wo mein Vetter bleibt? – –

Lisette. Er wird ja wohl kommen. – –

Theophan. Ich muß ihm wirklich nur wieder entgegen-
gehn. – – Adieu, Lisette!

Vierter Auftritt

Lisette. Das heiße ich kurz abgebrochen! – Er wird doch
nicht verdrießlich geworden sein, daß ich ihm ein wenig
auf den Zahn fühlte? Das brave Männchen! Ich will nur
gerne sehen, was noch daraus werden wird. Ich gönne
ihm wirklich alles Gutes, und wenn es nach mir gehen
sollte, so wüßte ich schon, was ich täte. – *(Indem sie sich
umsieht.)* Wer kömmt denn da den Gang hervor? – Sind
die es? – Ein Paar allerliebste Schlingel! Adrasts Johann,
und Theophans Martin: die wahren Bilder ihrer Herren,
von der häßlichen Seite! Aus Freigeisterei ist jener ein
Spitzbube; und aus Frömmigkeit dieser ein Dummkopf.
Ich muß mir doch die Lust machen, sie zu behorchen. *(Sie
tritt zurück.)*

Fünfter Auftritt

Lisette, halb versteckt hinter einer Szene. Johann. Martin.

Johann. Was ich dir sage!
Martin. Du mußt mich für sehr dumm ansehen. Dein Herr
ein Atheist? das glaube sonst einer! Er sieht ja aus wie ich
und du. Er hat Hände und Füße; er hat das Maul in der
Breite und die Nase in der Länge, wie ein Mensch; er
red't, wie ein Mensch; er ißt, wie ein Mensch: – – und soll
ein Atheist sein?
Johann. Nun? sind denn die Atheisten keine Menschen?
Martin. Menschen? Ha! ha! ha! Nun höre ich, daß du
selber nicht weißt, was ein Atheist ist.
Johann. Zum Henker! du wirst es wohl besser wissen. Ei!
belehre doch deinen unwissenden Nächsten.

Martin. Hör zu! – Ein Atheist ist – eine Brut der Hölle, die sich, wie der Teufel, tausendmal verstellen kann. Bald ist's ein listiger Fuchs, bald ein wilder Bär; – – bald ist's ein Esel, bald ein Philosoph; – – bald ist's ein Hund, bald ein unverschämter Poete. Kurz, es ist ein Untier, das schon lebendig bei dem Satan in der Hölle brennt, – – eine Pest der Erde, – – eine abscheuliche Kreatur, – – ein Vieh, das dummer ist, als ein Vieh; – – ein Seelenkannibal, – – ein Antichrist, – – ein schreckliches Ungeheuer – –

Johann. Es hat Bocksfüße: nicht? Zwei Hörner? einen Schwanz? – –

Martin. Das kann wohl sein. – – Es ist ein Wechselbalg, den die Hölle durch – – durch einen unzüchtigen Beischlaf mit der Weisheit dieser Welt erzeugt hat; – – es ist – – ja, sieh, das ist ein Atheist. So hat ihn unser Pfarr abgemalt; der kennt ihn aus großen Büchern.

Johann. Einfältiger Schöps! – – Sieh mich doch einmal an.

Martin. Nu?

Johann. Was siehst du an mir?

Martin. Nichts, als was ich zehnmal besser an mir sehen kann.

Johann. Findest du denn etwas Erschreckliches, etwas Abscheuliches an mir? Bin ich nicht ein Mensch, wie du? Hast du jemals gesehen, daß ich ein Fuchs, ein Esel, oder ein Kannibal gewesen wäre?

Martin. Den Esel laß immer weg, wenn ich dir antworten soll, wie du gerne willst. – Aber, warum fragst du das?

Johann. Weil ich selbst ein Atheist bin; das ist, ein starker Geist, wie es jetzt jeder ehrlicher Kerl nach der Mode sein muß. Du sprichst, ein Atheist brenne lebendig in der Hölle. Nun! rieche einmal: riechst du einen Brand an mir?

Martin. Drum eben bist du keiner.

Johann. Ich wäre keiner? Tue mir nicht die Schande an,

Wechselbalg: Bastard, Mißgeburt.

daran zu zweifeln, oder – – Doch wahrhaftig, das Mitlei-
den verhindert mich, böse zu werden. Du bist zu bekla-
gen, armer Schelm!

Martin. Arm? Laß einmal sehen, wer die vergangene
Woche das meiste Trinkgeld gekriegt hat. *(Er greift in
die Tasche.)* Du bist ein lüderlicher Teufel, du versäufst
alles – –

Johann. Laß stecken! Ich rede von einer ganz andern
Armut, von der Armut des Geistes, der sich mit lauter
elenden Brocken des Aberglaubens ernähren, und mit
lauter armseligen Lumpen der Dummheit kleiden muß. –
Aber so geht es euch Leuten, die ihr nicht weiter, als
höchstens vier Meilen hinter den Backofen kommt. Wenn
du gereiset wärest, wie ich – –

Martin. Gereist bist du? Laß hören, wo bist du gewesen?

Johann. Ich bin gewesen – in Frankreich – –

Martin. In Frankreich? Mit deinem Herrn?

Johann. Ja, mein Herr war mit.

Martin. Das ist das Land, wo die Franzosen wohnen? – So
wie ich einmal einen gesehen habe, – das war eine schnur-
rige Kröte! In einem Augenblicke konnte er sich sieben-
mal auf dem Absatze herumdrehen, und dazu pfeifen.

Johann. Ja, es gibt große Geister unter ihnen! Ich bin da
erst recht klug geworden.

Martin. Hast du denn auch Frankreich'sch gelernt?

Johann. Französisch, willst du sagen: – vollkommen.

Martin. Oh! rede einmal!

Johann. Das will ich wohl tun. – – Quelle heure est-il,
maraut? Le père et la mère une fille de coups de bâton.
Comment coquin? Diantre diable carogne à vous servir.

Martin. Das ist schnakisch! Und das Zeug können die
Leute da verstehen? Sag einmal, was hieß das auf
deutsch?

Johann. Ja! auf deutsch! Du guter Narre, das läßt sich auf

Quelle heure … vous servir: sinnlose französische Brocken.
schnakisch: drollig, lustig.

deutsch nicht so sagen. Solche feine Gedanken können
nur französisch ausgedrückt werden.

Martin. Der Blitz! – – Nu? wo bist du weiter gewesen?

Johann. Weiter? In England – –

Martin. In England? – – Kannst du auch Engländ'sch?

Johann. Was werde ich nicht können?

Martin. Sprich doch!

Johann. Du mußt wissen, es ist eben wie das Französische.
Es ist französisch, versteh mich, auf englisch ausgespro-
chen. Was hörst du dran ab? – – Ich will dir ganz andre
Dinge sagen, wenn du mir zuhören willst. Dinge, die
ihresgleichen nicht haben müssen. Zum Exempel, auf
unsern vorigen Punkt zu kommen: sei kein Narr, und
glaube, daß ein Atheist so ein schrecklich Ding ist. Ein
Atheist ist nichts weiter, als ein Mensch, der keinen Gott
glaubt. – –

Martin. Keinen Gott? Je! das ist ja noch viel ärger! Keinen
Gott? Was glaubt er denn?

Johann. Nichts.

Martin. Das ist wohl eine mächtige Mühe.

Johann. Ei! Mühe! Wenn auch nichts glauben eine Mühe
wäre, so glaubten ich und mein Herr gewiß alles. Wir sind
geschworne Feinde alles dessen, was Mühe macht. Der
Mensch ist in der Welt, vergnügt und lustig zu leben. Die
Freude, das Lachen, das Kurtisieren, das Saufen sind seine
Pflichten. Die Mühe ist diesen Pflichten hinderlich; also
ist es auch notwendig seine Pflicht, die Mühe zu fliehen. –
– Sieh, das war ein Schluß, der mehr Gründliches enthält,
als die ganze Bibel.

Martin. Ich wollt's. Aber sage mir doch, was hat man
denn in der Welt ohne Mühe?

Johann. Alles was man erbt, und was man erheiratet. Mein
Herr erbte von seinem Vater und von zwei reichen Vettern keine kleinen Summen; und ich muß ihm das Zeugnis
geben, er hat sie, als ein braver Kerl, durchgebracht. Jetzt

Kurtisieren: liebeln, den Hof machen.

bekömmt er ein reich Mädel, und, wenn er klug ist, so
fängt er es wieder an, wo er es gelassen hat. Seit einiger
Zeit ist er mir zwar ganz aus der Art geschlagen; und ich
sehe wohl, auch die Freigeisterei bleibt nicht klug, wenn
sie auf die Freite geht. Doch ich will ihn schon wieder in
Gang bringen. – – Und höre, Martin, ich will auch dein
Glück machen. Ich habe einen Einfall; aber ich glaube
nicht, daß ich ihn anders wohl von mir geben kann, als – –
bei einem Glase Wein. Du klimperst vorhin mit deinen
Trinkgeldern; und gewiß, du bist in Gefahr, keine mehr
zu bekommen, wenn man nicht sieht, daß du sie dazu
anwendest, wozu sie dir gegeben werden. Zum Trinken,
guter Martin, zum Trinken: darum heißen es Trinkgel-
der. – –

Martin. Still! Herr Johann, still! – Du bist mir so noch
Revansche schuldig. Habe ich dich nicht jenen Abend nur
noch freigehalten? – – Doch, laß einmal hören! was ist
denn das für ein Glück, das ich von dir zu hoffen habe?

Johann. Höre, wenn mein Herr heiratet, so muß er noch
einen Bedienten annehmen. – – Eine Kanne Wein, so
sollst du bei mir den Vorzug haben. Du versauerst doch
nur bei deinem dummen Schwarzrocke. Du sollst bei
Adrasten mehr Lohn und mehr Freiheit haben; und ich
will dich noch obendrein zu einem starken Geiste machen, der es mit dem Teufel und seiner Großmutter
aufnimmt, wenn nur erst einer wäre.

Martin. Was? wenn erst einer wäre? Ho! ho! Ist es nicht
genug, daß du keinen Gott glaubst? willst du noch dazu
keinen Teufel glauben? Oh! male ihn nicht an die Wand!
Er läßt sich nicht so lange herumhudeln, wie der liebe
Gott. Der liebe Gott ist gar zu gut, und lacht über einen
solchen Narren, wie du bist. Aber der Teufel – – dem
läuft gleich die Laus über die Leber; und darnach sieht's
nicht gut aus. – Nein, bei dir ist kein Aushalten: ich will
nur gehen. – –

Johann *(hält ihn zurück)*. Spitzbube! Spitzbube! denkst
du, daß ich deine Streiche nicht merke? Du fürchtest dich

mehr für die Kanne Wein, die du geben sollst, als für den
Teufel. Halt! – – Ich kann dich aber bei dem allen
unmöglich in dergleichen Aberglauben stecken lassen.
Überlege dir's nur: – – Der Teufel – – der Teufel – – Ha!
ha! ha! – – Und dir kömmt es nicht lächerlich vor? Je! so
lache doch!

MARTIN. Wenn kein Teufel wäre, wo kämen denn die hin,
die ihn auslachen? – – Darauf antworte mir einmal! den
Knoten beiß mir auf! Siehst du, daß ich auch weiß, wie
man euch Leute zuschanden machen muß?

JOHANN. Ein neuer Irrtum! Und wie kannst du so ungläu-
big gegen meine Worte sein? Es sind die Aussprüche der
Weltweisheit, die Orakel der Vernunft! Es ist bewiesen,
sage ich dir, in Büchern ist es bewiesen, daß es weder
Teufel noch Hölle gibt. – – Kennst du Balthasarn? Es war
ein berühmter Bäcker in Holland.

MARTIN. Was gehn mich die Bäcker in Holland an? Wer
weiß, ob sie so gute Brezeln backen, wie der hier an der
Ecke.

JOHANN. Ei! das war ein gelehrter Bäcker! Seine bezauberte
Welt – – ha! – das ist ein Buch! Mein Herr hat es einmal gelesen. Kurz, ich verweise dich auf das Buch, so wie
man mich darauf verwiesen hat, und will dir nur im
Vertrauen sagen: Der muß ein Ochse, ein Rindvieh, ein
altes Weib sein, der einen Teufel glauben kann. Soll ich
dir's zuschwören, daß keiner ist? – Ich will ein Hundsfott
sein!

MARTIN. Pah! der Schwur geht wohl mit.

JOHANN. Nun, sieh, – – ich will, ich will – – auf der Stelle
verblinden, wenn ein Teufel ist.

(Lisette springt geschwinde hinter der Szene hervor, und hält

---

Balthasarn: Balthasar Bekker (1634–98), holländischer reformierter Theologe
und Prediger, wandte sich unter dem Einfluß Descartes' entschieden gegen den
Aberglauben in all seinen Formen, besonders gegen den Glauben an Teufel,
Hexen und Magie. Das hier angesprochene und berühmteste Buch des Früh-
aufklärers erschien in 3 Bänden 1691–93 unter dem Titel »De betoverde
Weereld« und wurde bald in mehrere Sprachen übersetzt, so ins Deutsche
unter dem Titel »Die bezauberte Welt«.

*ihm rückwärts die Augen zu, indem sie dem Martin zu-
gleich winkt.)*

Martin. Das wäre noch was; aber du weißt schon, daß das
nicht geschieht.

Johann *(ängstlich).* Ach! Martin, ach!

Martin. Was ist's?

Johann. Martin, wie wird mir? Wie ist mir, Martin?

Martin. Nu? was hast du denn?

Johann. Seh ich – oder – – ach! daß Gott – – Martin!
Martin! wie wird es auf einmal so Nacht?

Martin. Nacht? Was willst du mit der Nacht?

Johann. Ach! so ist es nicht Nacht? Hülfe! Martin,
Hülfe!

Martin. Was denn für Hülfe? Was fehlt dir denn?

Johann. Ach! ich bin blind, ich bin blind! Es liegt mir auf
den Augen, auf den Augen. – – Ach! ich zittere am ganzen
Leibe – –

Martin. Blind bist du? Du wirst ja nicht? – – Warte, ich
will dich in die Augen schlagen, daß das Feuer heraus-
springt, und du sollst bald sehen – –

Johann. Ach! ich bin gestraft, ich bin gestraft. Und du
kannst meiner noch spotten? Hülfe! Martin, Hülfe! – –
(Er fällt auf die Knie.) Ich will mich gern bekehren! Ach!
was bin ich für ein Bösewicht gewesen! – –

Lisette *(welche plötzlich gehen läßt, und, indem sie her-
vorspringt, ihm eine Ohrfeige gibt).* Du Schlingel!

Martin. Ha! ha! ha!

Johann. Ach! ich komme wieder zu mir. *(Indem er aufsteht.)* Sie Rabenaas, Lisette!

Lisette. Kann man euch Hundsfötter so ins Bockshorn
jagen? Ha! ha! ha!

Martin. Krank lache ich mich noch darüber. Ha! ha! ha!

Johann. Lacht nur! lacht nur! – – – Ihr seid wohl albern,
wenn ihr denkt, daß ich es nicht gemerkt habe. – *(Beiseite.)* Das Blitzmädel, was sie mir für einen Schreck abgejagt
hat! Ich muß mich wieder erholen. *(Geht langsam ab.)*

Martin. Gehst du? Oh! lacht ihn doch aus! Je! lach Sie

doch, Lisettchen, lach Sie doch! Ha! ha! ha! Das hat Sie
vortrefflich gemacht; so schöne, so schöne, ich möchte Sie
gleich küssen. – –

Lisette. Oh! geh, geh, dummer Martin!

Martin. Komm Sie, wirklich! ich will Sie zu Weine führen.
Ich will Sie mit der Kanne Wein traktieren, um die mich
der Schurke prellen wollte. Komm Sie!

Lisette. Das fehlte mir noch. Ich will nur gehen, und
meinen Mamsells den Spaß erzählen.

Martin. Ja, und ich meinem Herrn. – Der war abgeführt!
der war abgeführt!

(Ende des zweiten Aufzuges.)

---

abgeführt: genasführt, zum Narren gehalten.

Dritter Aufzug

Erster Auftritt

Theophan. Araspe.

Araspe. Was ich Ihnen sage, mein lieber Vetter. Das
Vergnügen Sie zu überfallen, und die Begierde bei Ihrer
Verbindung gegenwärtig zu sein, sind freilich die vor-
nehmsten Ursachen meiner Anherkunft; nur die einzigen
sind es nicht. Ich hatte den Aufenthalt des Adrast endlich
ausgekundschaftet, und es war mir sehr lieb, auf diese
Art, wie man sagt, zwei Würfe mit einem Steine zu tun.
Die Wechsel des Adrast sind verfallen; und ich habe nicht
die geringste Lust, ihm auch nur die allerkleinste Nachsicht zu gönnen. Ich erstaune zwar, ihn, welches ich mir
nimmermehr eingebildet hätte, in dem Hause Ihres künftigen Schwiegervaters zu finden; ihn auf eben demselben
Fuße, als Sie, Theophan, hier zu finden: aber gleichwohl,
– – und wenn ihn das Schicksal auch noch näher mit mir
verbinden könnte, – –

Theophan. Ich bitte Sie, liebster Vetter, beteuern Sie
nichts.

Araspe. Warum nicht? Sie wissen wohl, Theophan, ich bin
der Mann sonst nicht, welcher seine Schuldner auf eine
grausame Art zu drücken fähig wäre. – –

Theophan. Das weiß ich, und desto eher – –

Araspe. Hier wird kein Desto eher gelten. Adrast, dieser
Mann, der sich, auf eine ebenso abgeschmackte als ruch-
lose Art von andern Menschen zu unterscheiden sucht,
verdient, daß man ihn auch wieder von andern Menschen
unterscheide. Er muß die Vorrechte nicht genießen, die
ein ehrlicher Mann seinen elenden Nächsten sonst gern
genießen läßt. Einem spöttischem Freigeiste, welcher uns
lieber das Edelste, was wir besitzen, rauben und uns alle
Hoffnung eines künftigen glückseligern Lebens zunichte
machen möchte, vergilt man noch lange nicht Gleiches

mit Gleichem, wenn man ihm das gegenwärtige Leben ein
wenig sauer macht. – – Ich weiß, es ist der letzte Stoß, den
ich dem Adrast versetze; er wird seinen Kredit nicht
wieder herstellen können. Ja, ich wollte mich freuen,
wenn ich sogar seine Heirat dadurch rückgängig machen
könnte. Wenn mir es nur um mein Geld zu tun wäre: so
sehen Sie wohl, daß ich diese Heirat lieber würde beför-
dern helfen, weil er doch wohl dadurch wieder etwas in
die Hände bekommen wird. Aber nein; und sollte ich bei
dem Konkurse, welcher entstehen muß, auch ganz und
gar ledig ausgehen: so will ich ihn dennoch auf das
Äußerste bringen. Ja, wenn ich alles wohl erwäge, so
glaube ich, ihm durch diese Grausamkeit noch eine Wohltat zu erweisen. Schlechtere Umstände werden ihn vielleicht zu ernsthaften Überlegungen bringen, die er in
seinem Wohlstande zu machen, nicht wert gehalten hat;
und vielleicht ändert sich, wie es fast immer zu geschehen
pflegt, sein Charakter mit seinem Glücke.

Theophan. Ich habe Sie ausreden lassen. Ich glaube, Sie
werden so billig sein, und mich nunmehr auch hören.

Araspe. Das werde ich. – Aber eingebildet hätte ich mir es
nicht, daß ich an meinem frommen Vetter einen Verteidiger des Adrasts finden sollte.

Theophan. Ich bin es weniger, als es scheinet; und ich
komme hier so viel Umstände zusammen, daß ich weiter
fast nichts als meine eigne Sache führen werde. Adrast,
wie ich fest überzeugt bin, ist von derjenigen Art Freigeister, die wohl etwas Besseres zu sein verdienten. Es ist
auch sehr begreiflich, daß man in der Jugend so etwas
gleichsam wider Willen werden kann. Man ist es aber
alsdann nur so lange, bis der Verstand zu einer gewissen
Reife gelangt ist, und sich das aufwallende Geblüte abge-
kühlt hat. Auf diesem kritischen Punkte steht jetzt
Adrast; aber noch mit wankendem Fuße. Ein kleiner
Wind, ein Hauch kann ihn wieder herabstürzen. Das
Unglück, das Sie ihm drohen, würde ihn betäuben; er
würde sich einer wütenden Verzweiflung überlassen, und

Ursache zu haben glauben, sich um die Religion nicht zu
bekümmern, deren strenge Anhänger sich kein Bedenken
gemacht hätten, ihn zugrunde zu richten.

A r a s p e. Das ist etwas; aber – –

T h e o p h a n. Nein, für einen Mann von Ihrer Denkungsart,
liebster Vetter, muß dieses nicht nur etwas, sondern sehr
viel sein. Sie haben die Sache von dieser Seite noch nicht
betrachtet; Sie haben den Adrast nur als einen verlornen
Mann angesehen, an dem man zum Überflusse noch eine
desperate Kur wagen müsse. Aus diesem Grunde ist die
Heftigkeit, mit der Sie wider ihn sprachen, zu entschuldigen. Lernen Sie ihn aber durch mich nunmehr unpartei-
ischer beurteilen. Er ist in seinen Reden jetzt weit einge-
zogener, als man mir ihn sonst beschrieben hat. Wenn er
streitet, so spottet er nicht mehr, sondern gibt sich alle
Mühe, Gründe vorzubringen. Er fängt an, auf die Bewei-
se, die man ihm entgegensetzt, zu antworten, und ich
habe es ganz deutlich gemerkt, daß er sich schämt, wenn
er nur halb darauf antworten kann. Freilich sucht er diese
Scham noch dann und wann unter das Verächtliche eines
Schimpfworts zu verstecken; aber nur Geduld! es ist
schon viel, daß er diese Schimpfworte niemals mehr auf
die heiligen Sachen, die man gegen ihn verteidiget, sondern bloß auf die Verteidiger fallen läßt. Seine Verachtung
der Religion löset sich allmählich in die Verachtung derer
auf, die sie lehren.

A r a s p e. Ist das wahr, Theophan?

T h e o p h a n. Sie werden Gelegenheit haben, sich selbst
davon zu überzeugen. – Sie werden zwar hören, daß diese
seine Verachtung der Geistlichen mich jetzt am meisten
trifft; allein ich bitte Sie im voraus, nicht empfindlicher
darüber zu werden, als ich selbst bin. Ich habe es mir fest
vorgenommen, ihn nicht mit gleicher Münze zu bezahlen;
sondern ihm vielmehr seine Freundschaft abzuzwingen,
es mag auch kosten, was es will.

---

desperate: verzweifelte, letzte.

A r a s p e. Wenn Sie bei persönlichen Beleidigungen so großmütig sind – –

T h e o p h a n. Stille! wir wollen es keine Großmut nennen.
Es kann Eigennutz, es kann eine Art von Ehrgeiz sein,
sein Vorurteil von den Gliedern meines Ordens durch
mich zuschanden zu machen. Es sei aber, was es wolle, so
weiß ich doch, daß Sie viel zu gütig sind, mir darin im
Wege zu stehen. Adrast würde es ganz gewiß für ein
abgekartetes Spiel halten, wenn er sähe, daß mein Vetter
so scharf hinter ihm drein wäre. Seine Wut würde einzig
auf mich fallen, und er würde mich überall als einen
Niederträchtigen ausschreien, der ihm, unter tausend
Versicherungen der Freundschaft, den Dolch ins Herz
gestoßen habe. Ich wollte nicht gerne, daß er die Exempel
von hämtückischen Pfaffen, wie er sie nennt, mit einigem
Scheine der Wahrheit auch durch mich vermehren
könnte.

A r a s p e. Lieber Vetter, das wollte ich noch tausendmal
weniger, als Sie. – –

T h e o p h a n. Erlauben Sie also, daß ich Ihnen einen Vor-
schlag tue: – – oder nein; es wird vielmehr eine Bitte
sein.

A r a s p e. Nur ohne Umstände, Vetter. Sie wissen ja doch
wohl, daß Sie mich in Ihrer Hand haben.

T h e o p h a n. Sie sollen so gütig sein und mir die Wechsel
ausliefern, und meine Bezahlung dafür annehmen.

A r a s p e. Und Ihre Bezahlung dafür annehmen? Bei einem
Haare hätten Sie mich böse gemacht. Was reden Sie von
Bezahlung? Wenn ich Ihnen auch nicht gesagt hätte, daß
es mir jetzt gar nicht um das Geld zu tun wäre: so sollten
Sie doch wenigstens wissen, daß das, was meine ist, auch
Ihre ist.

T h e o p h a n. Ich erkenne meinen Vetter.

A r a s p e. Und ich erkannte ihn fast nicht. – Mein nächster
Blutsfreund, mein einziger Erbe, sieht mich als einen

---

hämtückischen: alte Form für ›heimtückischen‹.

Fremden an, mit dem er handeln kann? *(Indem er sein Taschenbuch herauszieht.)* Hier sind die Wechsel! Sie sind Ihre! machen Sie damit was Ihnen gefällt.

Theophan. Aber erlauben Sie, liebster Vetter: ich werde nicht so frei damit schalten dürfen, wenn ich sie nicht auf die gehörige Art an mich gebracht habe.

Araspe. Welches ist denn die gehörige Art unter uns, wenn es nicht die ist, daß ich gebe, und Sie nehmen? – – Doch damit ich alle Ihre Skrupel hebe: wohl! Sie sollen einen Revers von sich stellen, daß Sie die Summe dieser Wechsel nach meinem Tode bei der Erbschaft nicht noch einmal fodern wollen. *(Lächelnd.)* Wunderlicher Vetter! sehen Sie denn nicht, daß ich weiter nichts tue, als auf Abschlag bezahle? –

Theophan. Sie verwirren mich – –

Araspe *(der noch die Wechsel in Händen hat).* Lassen Sie mich nur die Wische nicht länger halten.

Theophan. Nehmen Sie unterdessen meinen Dank dafür an.

Araspe. Was für verlorne Worte! *(Indem er sich umsieht.)* Stecken Sie hurtig ein; da kömmt Adrast selbst.

Zweiter Auftritt

Adrast. Theophan. Araspe.

Adrast *(erstaunend).* Himmel! Araspe hier?

Theophan. Adrast, ich habe das Vergnügen, Ihnen in dem Herrn Araspe meinen Vetter vorzustellen.

Adrast. Wie? Araspe Ihr Vetter?

Araspe. Oh! wir kennen einander schon. Es ist mir angenehm, Herr Adrast, Sie hier zu sehen.

Adrast. Ich bin bereits die ganze Stadt nach Ihnen durchgerannt. Sie wissen, wie wir miteinander stehen, und ich wollte Ihnen die Mühe ersparen, mich aufzusuchen.

---

einen Revers von sich stellen: eine schriftliche Erklärung abgeben.

Araspe. Es wäre nicht nötig gewesen. Wir wollen von unserer Sache ein andermal sprechen. Theophan hat es auf sich genommen. – –

Adrast. Theophan? Ha! nun ist es klar. – –

Theophan. Was ist klar, Adrast? *(Ruhig.)*

Adrast. Ihre Falschheit, Ihre List – –

Theophan *(zum Araspe)*. Wir halten uns zu lange hier auf. Lisidor, lieber Vetter, wird Sie mit Schmerzen erwarten. Erlauben Sie, daß ich Sie zu ihm führe. – *(Zum Adrast.)* Darf ich bitten, Adrast, daß Sie einen Augenblick hier verziehen? Ich will den Araspe nur heraufbegleiten; ich werde gleich wieder hier sein.

Araspe. Wenn ich Ihnen raten darf, Adrast, so sein Sie gegen meinen Vetter nicht ungerecht. – –

Theophan. Er wird es nicht sein. Kommen Sie nur.

(Theophan und Araspe gehen ab.)

Dritter Auftritt

Adrast *(bitter)*. Nein, gewiß, ich werde es auch nicht sein! Er ist unter allen seinesgleichen, die ich noch gekannt habe, der hassenswürdigste! Diese Gerechtigkeit will ich ihm widerfahren lassen. Er hat den Araspe ausdrücklich meinetwegen kommen lassen: das ist unleugbar. Es ist mir aber doch lieb, daß ich ihm nie einen redlichen Tropfen Bluts zugetrauet, und seine süßen Reden jederzeit für das gehalten habe, was sie sind. – –

verziehen: warten, verweilen.

Vierter Auftritt

Adrast. Johann.

Johann. Nun? haben Sie den Araspe gefunden?

Adrast. Ja. *(Noch bitter.)*

Johann. Geht's gut?

Adrast. Vortrefflich.

Johann. Ich hätte es ihm auch raten wollen, daß er die geringste Schwierigkeit gemacht hätte! – – – Und er hat doch schon wieder seinen Abschied genommen?

Adrast. Verzieh nur: er wird uns gleich den unsrigen bringen.

Johann. Er den unsrigen? – Wo ist Araspe? –

Adrast. Beim Lisidor.

Johann. Araspe beim Lisidor? Araspe?

Adrast. Ja, Theophans Vetter.

Johann. Was frage ich nach des Narren Vetter? Ich meine Araspen. – –

Adrast. Den meine ich auch.

Johann. Aber – –

Adrast. Aber siehst du denn nicht, daß ich rasend werden möchte? Was plagst du mich noch? Du hörst ja, daß Theophan und Araspe Vettern sind.

Johann. Zum erstenmal in meinem Leben. – – Vettern? Ei! desto besser; unsere Wechsel bleiben also in der Freundschaft, und Ihr neuer Herr Schwager wird dem alten Herrn Vetter schon zureden – –

Adrast. Du Dummkopf! – Ja, er wird ihm zureden, mich ohne Nachsicht unglücklich zu machen. – Bist du denn so albern, es für einen Zufall anzusehen, daß Araspe hier ist? Siehst du denn nicht, daß es Theophan muß erfahren haben, wie ich mit seinem Vetter stehe? daß er ihm Nachricht von meinen Umständen gegeben hat? daß er ihn gezwungen hat, über Hals über Kopf eine so weite Reise zu tun, um die Gelegenheit ja nicht zu versäumen, meinen Ruin an den Tag zu bringen, und mir dadurch die letzte Zuflucht, die Gunst des Lisidors, zu vernichten?

Johann. Verdammt! wie gehen mir die Augen auf! Sie
haben recht. Kann ich Esel denn, wenn von einem Geistlichen die Rede ist, nicht gleich auf das Allerboshafteste
fallen? – Ha! wenn ich doch die Schwarzröcke auf einmal
zu Pulver stampfen und in die Luft schießen könnte! Was
für Streiche haben sie uns nicht schon gespielt! Der eine
hat uns um manches Tausend Taler gebracht: das war der
ehrwürdige Gemahl Ihrer lieben Schwester. Der
andere – –

Adrast. Oh! fange nicht an, mir meine Unfälle vorzuzäh-
len. Ich will sie bald geendigt sehen. Alsdann will ich es
doch abwarten, was mir das Glück noch nehmen kann,
wann ich nichts mehr habe.

Johann. Was es Ihnen noch nehmen kann, wann Sie nichts
mehr haben? Das will ich Ihnen gleich sagen: Mich wird
es Ihnen alsdann noch nehmen.

Adrast. Ich verstehe dich, Holunke! –

Johann. Verschwenden Sie Ihren Zorn nicht an mir. Hier
kömmt der, an welchem Sie ihn besser anwenden
können.

Fünfter Auftritt

Theophan. Adrast. Johann.

Theophan. Ich bin wieder hier, Adrast. Es entfielen
Ihnen vorhin einige Worte von Falschheit und List. – –

Adrast. Beschuldigungen entfallen mir niemals. Wenn ich
sie vorbringe, bringe ich sie mit Vorsatz und Überlegung
vor.

Theophan. Aber eine nähere Erklärung – –

Adrast. Die fodern Sie nur von sich selbst.

Johann *(die ersten Worte beiseite)*. Hier muß ich hetzen. –
– Ja, ja, Herr Theophan! es ist schon bekannt, daß Ihnen
mein Herr ein Dorn in den Augen ist.

Unfälle: Unglücksfälle.

Theophan. Adrast, haben Sie es ihm befohlen, an Ihrer
Stelle zu antworten?

Johann. So? auch meine Verteidigung wollen Sie ihm nicht
gönnen? Ich will doch sehen, wer mir verbieten soll, mich
meines Herrn anzunehmen.

Theophan. Lassen Sie es ihn doch sehen, Adrast.

Adrast. Schweig!

Johann. Ich sollte – –

Adrast. Noch ein Wort! *(Drohend.)*

Theophan. Nunmehr darf ich die Bitte um eine nähere
Erklärung doch wohl wiederholen? Ich weiß sie mir selbst
nicht zu geben.

Adrast. Erklären Sie sich denn gerne näher, Theophan?

Theophan. Mit Vergnügen, sobald es verlangt wird.

Adrast. Ei! so sagen Sie mir doch, was wollte denn
Araspe, bei Gelegenheit dessen, was Sie schon wissen, mit
den Worten sagen: Theophan hat es auf sich genommen?

Theophan. Darüber sollte sich Araspe eigentlich erklären.
Doch ich kann es an seiner Statt tun. Er wollte sagen, daß
er mir Ihre Wechsel zur Besorgung übergeben habe.

Adrast. Auf Ihr Anliegen?

Theophan. Das kann wohl sein.

Adrast. Und was haben Sie beschlossen, damit zu tun?

Theophan. Sie sind Ihnen ja noch nicht vorgewiesen
worden? Können wir etwas beschließen, ehe wir wissen,
was Sie darauf tun wollen?

Adrast. Kahle Ausflucht! Ihr Vetter weiß es längst, was
ich darauf tun kann.

Theophan. Er weiß, daß Sie ihnen Genüge tun können.
Und sind Sie alsdann nicht auseinander?

Adrast. Sie spotten.

Theophan. Ich bin nicht Adrast.

Adrast. Setzen Sie aber den Fall, – – und Sie können ihn
sicher setzen, – – daß ich nicht imstande wäre zu bezahlen: was haben Sie alsdenn beschlossen?

Theophan. In diesem Falle ist noch nichts beschlossen.

A d r a s t. Aber was dürfte beschlossen werden?

T h e o p h a n. Das kömmt auf Araspen an. Doch sollte ich
meinen, daß eine einzige Vorstellung, eine einzige höfli-
che Bitte bei einem Manne, wie Araspe ist, viel ausrichten
könne.

J o h a n n. Nachdem die Ohrenbläser sind. – –

A d r a s t. Muß ich es noch einmal sagen, daß du schweigen
sollst?

T h e o p h a n. Ich würde mir ein wahres Vergnügen machen,
wenn ich Ihnen durch meine Vermittelung einen kleinen
Dienst dabei erzeigen könnte.

A d r a s t. Und Sie meinen, daß ich Sie mit einer demütigen
Miene, mit einer kriechenden Liebkosung, mit einer niederträchtigen Schmeichelei darum ersuchen solle? Nein,
so will ich Ihre Kitzelung über mich nicht vermehren.
Wenn Sie mich mit dem ehrlichsten Gesichte versichert
hätten, Ihr möglichstes zu tun, so würden Sie in einigen
Augenblicken mit einer wehmütigen Stellung wiederkom-
men, und es bedauern, daß Ihre angewandte Mühe umsonst sei? Wie würden sich Ihre Augen an meiner Verwir-
rung weiden!

T h e o p h a n. Sie wollen mir also keine Gelegenheit geben,
das Gegenteil zu beweisen? – – Es soll Ihnen nur ein Wort
kosten.

A d r a s t. Nein, auch dieses Wort will ich nicht verlieren.
Denn kurz, – – und hier haben Sie meine nähere Erklärung: – – Araspe würde, ohne Ihr Anstiften, nicht hieher-
gekommen sein. Und nun, da Sie Ihre Mine, mich zu
sprengen, so wohl angelegt hätten, sollten Sie durch ein
einziges Wort können bewogen werden, sie nicht sprin-
gen zu lassen? Führen Sie Ihr schönes Werk nur aus.

T h e o p h a n. Ich erstaune über Ihren Verdacht nicht. Ihre
Gemütsart hat mich ihn vorhersehen lassen. Aber gleichwohl ist es gewiß, daß ich ebensowenig gewußt habe, daß

Nach dem die Ohrenbläser sind: je nachdem, was ihm Verleumder einflü-
stern.
Kitzelung: Genuß, Vergnügen.

Araspe Ihr Gläubiger sei, als Sie gewußt haben, daß er mein Vetter ist.

Adrast. Es wird sich zeigen.

Theophan. Zu Ihrem Vergnügen, hoffe ich. – Heitern Sie Ihr Gesicht nur auf, und folgen Sie mir mit zu der Gesellschaft. – –

Adrast. Ich will sie nicht wieder sehen.

Theophan. Was für ein Entschluß! Ihren Freund, Ihre Geliebte – –

Adrast. Wird mir wenig kosten, zu verlassen. Sorgen Sie aber nur nicht, daß es eher geschehen soll, als bis Sie befriediget sind. Ich will Ihren Verlust nicht, und sogleich noch das letzte Mittel versuchen.

Theophan. Bleiben Sie, Adrast. – – Es tut mir leid, daß ich Sie nicht gleich den Augenblick aus aller Ihrer Unruhe gerissen habe. – – Lernen Sie meinen Vetter besser kennen, *(indem er die Wechsel hervorzieht)* und glauben Sie gewiß, wenn Sie schon von mir das Allernichtswürdigste denken wollen, daß wenigstens er ein Mann ist, der Ihre Hochachtung verdient. Er will Sie nicht anders, als mit dem sorglosesten Gesichte sehen, und gibt Ihnen deswegen Ihre Wechsel hier zurück. *(Er reicht sie ihm dar.)* Sie sollen sie selbst so lange verwahren, bis Sie ihn nach Ihrer Bequemlichkeit deswegen befriedigen können. Er glaubt, daß sie ihm in Ihren Händen ebenso sicher sind, als unter seinem eigenen Schlosse. Sie haben den Ruhm eines ehrlichen Mannes, wenn Sie schon den Ruhm eines frommen nicht haben.

Adrast *(stutzig, indem er des Theophans Hand zurückstößt)*. Mit was für einem neuen Fallstricke drohen Sie mir? Die Wohltaten eines Feindes – –

Theophan. Unter diesem Feinde verstehen Sie mich; was aber hat Araspe mit Ihrem Hasse zu tun? Er ist es, nicht ich, der Ihnen diese geringschätzige Wohltat erzeigen will; wenn anders eine armselige Gefälligkeit diesen Namen verdient. – Was überlegen Sie noch? Hier, Adrast! nehmen Sie Ihre Handschriften zurück!

Adrast. Ich will mich wohl dafür hüten.

Theophan. Ich bitte Sie, lassen Sie mich nicht unverrichteter Sache zu einem Manne zurückkommen, der es mit Ihnen gewiß redlich meinet. Er würde die Schuld seines verachteten Anerbietens auf mich schieben. *(Indem er ihm die Wechsel aufs neue darreicht, reißt sie ihm Johann aus der Hand.)*

Johann. Ha! ha! mein Herr, in wessen Händen sind die Wechsel nun?

Theophan *(gelassen)*. In den deinigen, ohne Zweifel. Immer bewahre sie, anstatt deines Herrn.

Adrast *(geht wütend auf den Bedienten los)*. Infamer! es kostet dein Leben – –

Theophan. Nicht so hitzig, Adrast.

Adrast. Den Augenblick gib sie ihm zurück! *(Er nimmt sie ihm weg.)* Geh mir aus den Augen!

Johann. Nun, wahrhaftig! – –

Adrast. Wo du noch eine Minute verziehst – – *(Er stößt ihn fort.)*

Sechster Auftritt

Theophan. Adrast.

Adrast. Ich muß mich schämen, Theophan; ich glaube aber nicht, daß Sie so gar weit gehen, und mich mit meinem Bedienten vermengen werden. – – Nehmen Sie es zurück, was man Ihnen rauben wollte. – –

Theophan. Es ist in der Hand, in der es sein soll.

Adrast. Nein. Ich verachte Sie viel zu sehr, als daß ich Sie abhalten sollte, eine niederträchtige Tat zu begehen.

Theophan. Das ist empfindlich! *(Er nimmt die Wechsel zurück.)*

Adrast. Es ist mir lieb, daß Sie mich nicht gezwungen, sie Ihnen vor die Füße zu werfen. Wenn sie wieder in meine Hände zurückkommen sollen, so werde ich anständigere Mittel dazu finden. Finde ich aber keine, so ist es ebendas.

Sie werden sich freuen, mich zugrunde zu richten, und ich werde mich freuen, Sie von ganzem Herzen hassen zu können.

Theophan. Es sind doch wirklich Ihre Wechsel, Adrast? *(Indem er sie aufschlägt und ihm zeigt.)*

Adrast. Sie glauben etwa, daß ich sie leugnen werde? – –

Theophan. Das glaube ich nicht; ich will bloß gewiß sein. *(Er zerreißt sie gleichgültig.)*

Adrast. Was machen Sie, Theophan?

Theophan. Nichts. *(Indem er die Stücken in die Szene wirft.)* Ich vernichte eine Nichtswürdigkeit, die einen Mann, wie Adrast ist, zu so kleinen Reden verleiten kann.

Adrast. Aber sie gehören nicht Ihnen. –

Theophan. Sorgen Sie nicht; ich tue, was ich verantworten kann. – – Bestehet Ihr Verdacht noch? *(Geht ab.)*

Siebenter Auftritt

Adrast *(sieht ihm einige Augenblicke nach)*. Was für ein Mann! Ich habe tausend aus seinem Stande gefunden, die unter der Larve der Heiligkeit betrogen; aber noch keinen, der es, wie dieser, unter der Larve der Großmut, getan hätte. – – Entweder er sucht mich zu beschämen, oder zu gewinnen. Keines von beiden soll ihm gelingen. Ich habe mich, zu gutem Glücke, auf einen hiesigen Wechsler besonnen, mit dem ich, bei bessern Umständen, ehemals Verkehr hatte. Er wird hoffentlich glauben, daß ich mich noch in ebendenselben befinde, und wenn das ist, mir ohne Anstand die nötige Summe vorschießen. Ich will ihn aber deswegen nicht zum Bocke machen, über dessen Hörner ich aus dem Brunnen springe. Ich habe noch liegende Gründe, die ich mit Vorteil verkaufen kann, wenn mir nur Zeit gelassen wird. Ich muß ihn aufsuchen. – –

liegende Gründe: Liegenschaften, Grundstücke.

Achter Auftritt

Henriette. Adrast.

Henriette. Wo stecken Sie denn, Adrast? Man hat schon zwanzigmal nach Ihnen gefragt. Oh! schämen Sie sich, daß ich Sie zu einer Zeit suchen muß, da Sie mich suchen sollten. Sie spielen den Ehemann zu zeitig. Doch getrost! vielleicht spielen Sie dafür den Verliebten alsdann, wann ihn andre nicht mehr spielen.

Adrast. Erlauben Sie, Mademoiselle; ich habe nur noch etwas Nötiges außer dem Hause zu besorgen.

Henriette. Was können Sie jetzt Nötigers zu tun haben, als um mich zu sein?

Adrast. Sie scherzen.

Henriette. Ich scherze? – Das war ein allerliebstes Kompliment!

Adrast. Ich mache nie welche.

Henriette. Was für ein mürrisches Gesicht! – – Wissen Sie, daß wir uns über diese mürrischen Gesichter zanken werden, noch ehe uns die Trauung die Erlaubnis dazu erteilt?

Adrast. Wissen Sie, daß ein solcher Einfall in Ihrem Munde nicht eben der artigste ist?

Henriette. Vielleicht, weil Sie glauben, daß die leichtsinnigen Einfälle nur in Ihrem Munde wohl lassen? Unterdessen haben Sie doch wohl kein Privilegium darüber?

Adrast. Sie machen Ihre Dinge vortrefflich. Ein Frauenzimmer, das so fertig antworten kann, ist sehr viel wert.

Henriette. Das ist wahr; denn wir schwachen Werkzeuge wissen sonst den Mund am allerwenigsten zu gebrauchen.

Adrast. Wollte Gott!

Henriette. Ihr treuherziges Wollte Gott! bringt mich zum Lachen, so sehr ich auch böse sein wollte. Ich bin schon wieder gut, Adrast.

wohl lassen: gut sind.
fertig: schlagfertig.

A d r a s t. Sie sehen noch einmal so reizend aus, wenn Sie
   böse sein wollen; denn es kömmt doch selten weiter
   damit, als bis zur Ernsthaftigkeit, und diese läßt Ihrem
   Gesichte um so viel schöner, je fremder sie in demselben
   ist. Eine beständige Munterkeit, ein immer anhaltendes
   Lächeln wird unschmackhaft.

H e n r i e t t e *(ernsthaft)*. Oh! mein guter Herr, wenn das Ihr
   Fall ist, ich will es Ihnen schmackhaft genug machen.

A d r a s t. Ich wollte wünschen, – – denn noch habe ich
   Ihnen nichts vorzuschreiben, – –

H e n r i e t t e. Dieses Noch ist mein Glück. Aber was wollten Sie denn wünschen?

A d r a s t. Daß Sie sich ein klein wenig mehr nach dem
   Exempel Ihrer ältesten Mademoisell Schwester richten
   möchten. Ich verlange nicht, daß Sie ihre ganze sittsame
   Art an sich nehmen sollen; wer weiß, ob sie Ihnen so
   anstehen würde? – –

H e n r i e t t e. St! die Pfeife verrät das Holz, woraus sie
   geschnitten ist. Lassen Sie doch hören, ob meine dazu
   stimmt?

A d r a s t. Ich höre.

H e n r i e t t e. Es ist recht gut, daß Sie auf das Kapitel von
   Exempeln gekommen sind. Ich habe Ihnen auch einen
   kleinen Vers daraus vorzupredigen.

A d r a s t. Was für eine Art sich auszudrücken!

H e n r i e t t e. Hum! Sie denken, weil Sie nichts vom Predigen halten. Sie werden finden, daß ich eine Liebhaberin
   davon bin. Aber hören Sie nur: – – *(In seinem vorigen
   Tone.)* Ich wollte wünschen, – – denn noch habe ich
   Ihnen nichts vorzuschreiben, – –

A d r a s t. Und werden es auch niemals haben.

H e n r i e t t e. Ja so! – Streichen Sie also das weg. – – Ich
   wollte wünschen, daß Sie sich ein klein wenig mehr nach
   dem Exempel des Herrn Theophans bilden möchten. Ich
   verlange nicht, daß Sie seine ganze gefällige Art an sich
   nehmen sollen, weil ich nichts Unmögliches verlangen
   mag; aber so etwas davon würde Sie um ein gut Teil

erträglicher machen. Dieser Theophan, der nach weit
strengern Grundsätzen lebt, als die Grundsätze eines
gewissen Freigeistes sind, ist allezeit aufgeräumt und ge-
sprächig. Seine Tugend, und noch sonst etwas, worüber
Sie aber lachen werden, seine Frömmigkeit – – Lachen Sie
nicht?

A d r a s t. Lassen Sie sich nicht stören. Reden Sie nur weiter.
Ich will unterdessen meinen Gang verrichten, und gleich
wieder hier sein. *(Geht ab.)*

H e n r i e t t e. Sie dürfen nicht eilen. Sie kommen, wann Sie
kommen: Sie werden mich nie wieder so treffen. – Welche
Grobheit! Soll ich mich wohl darüber erzürnen? – Ich will
mich besinnen. *(Geht auf der andern Seite ab.)*

(Ende des dritten Aufzuges.)

Vierter Aufzug

Erster Auftritt

Juliane. Henriette. Lisette.

Henriette. Sage was du willst; sein Betragen ist nicht zu entschuldigen.

Juliane. Davon würde sich alsdann erst urteilen lassen, wann ich auch seine Gründe gehört hätte. Aber, meine liebe Henriette, willst du mir wohl eine kleine schwesterliche Ermahnung nicht übelnehmen?

Henriette. Das kann ich dir nicht voraus sagen. Wenn sie dahin abzielen sollte, wohin ich mir einbilde – –

Juliane. Ja, wenn du mit deinen Einbildungen dazu kömmst – –

Henriette. Oh! ich bin mit meinen Einbildungen recht wohl zufrieden. Ich kann ihnen nicht nachsagen, daß sie mich jemals sehr irregeführt hätten.

Juliane. Was meinst du damit?

Henriette. Muß man denn immer etwas meinen? Du weißt ja wohl, Henriette schwatzt gerne in den Tag hinein, und sie erstaunt allezeit selber, wenn sie von ohngefähr ein Pünktchen trifft, welches das Pünktchen ist, das man nicht gerne treffen lassen möchte.

Juliane. Nun höre einmal, Lisette!

Henriette. Ja, Lisette, laß uns doch hören, was das für eine schwesterliche Ermahnung ist, die sie mir erteilen will.

Juliane. Ich dir eine Ermahnung?

Henriette. Mich deucht, du sprachst davon.

Juliane. Ich würde sehr übel tun, wenn ich dir das geringste sagen wollte.

Henriette. Oh! ich bitte – –

Juliane. Laß mich!

Henriette. Die Ermahnung, Schwesterchen! – –

Juliane. Du verdienst sie nicht.

Henriette. So erteile sie mir ohne mein Verdienst.

Juliane. Du wirst mich böse machen.

Henriette. Und ich, – – ich bin es schon. Aber denke nur nicht, daß ich es über dich bin. Ich bin es über niemanden, als über den Adrast. Und was mich unversöhnlich gegen ihn macht, ist dieses, daß meine Schwester seinetwegen gegen mich ungerecht werden muß.

Juliane. Von welcher Schwester sprichst du?

Henriette. Von welcher? – – von der, die ich gehabt habe.

Juliane. Habe ich dich jemals so empfindlich gesehen! – Du weißt es, Lisette, was ich gesagt habe.

Lisette. Ja, das weiß ich; und es war wirklich weiter nichts, als eine unschuldige Lobrede auf den Adrast, an der ich nur das auszusetzen hatte, daß sie Mamsell Henrietten eifersüchtig machen mußte.

Juliane. Eine Lobrede auf Adrasten?

Henriette. Mich eifersüchtig?

Lisette. Nicht so stürmisch! – – So geht's den Leuten, die mit der Wahrheit geradedurch wollen: sie machen es niemanden recht.

Henriette. Mich eifersüchtig? Auf Adrasten eifersüchtig? Ich werde, von heute an, den Himmel um nichts inbrünstiger anflehen, als um die Errettung aus den Händen dieses Mannes.

Juliane. Ich? eine Lobrede auf Adrasten? Ist das eine Lobrede, wenn ich sage, daß ein Mann einen Tag nicht wie den andern aufgeräumt sein kann? Wenn ich sage, daß Adrasten die Bitterkeit, worüber meine Schwester klagt, nicht natürlich ist und daß sie ein zugestoßener Verdruß bei ihm müsse erregt haben? Wenn ich sage, daß ein Mann, wie er, der sich mit finsterm Nachdenken vielleicht nur zu sehr beschäftiget – –

Zweiter Auftritt

Adrast. Juliane. Henriette. Lisette.

Henriette. Als wenn Sie gerufen wären, Adrast! Sie verließen mich vorhin, unhöflich genug, mitten in der Erhebung des Theophans; aber das hindert mich nicht, daß ich Ihnen nicht die Wiederholung Ihrer eigenen anzuhören gönnen sollte. – Sie sehen sich um? Nach Ihrer Lobrednerin gewiß? Ich bin es nicht, wahrhaftig! ich bin es nicht; meine Schwester ist es. Eine Betschwester, die Lobrednerin eines Freigeistes! Was für ein Widerspruch! Entweder Ihre Bekehrung muß vor der Türe sein, Adrast, oder meiner Schwester Verführung.

Juliane. Wie ausgelassen sie wieder auf einmal ist.

Henriette. Stehen Sie doch nicht so hölzern da!

Adrast. Ich nehme Sie zum Zeugen, schönste Juliane, wie verächtlich sie mir begegnet.

Henriette. Komm nur, Lisette! wir wollen sie allein lassen. Adrast braucht ohne Zweifel unsere Gegenwart weder zu seiner Danksagung, noch zu meiner Verklagung.

Juliane. Lisette soll hierbleiben.

Henriette. Nein, sie soll nicht.

Lisette. Sie wissen wohl, ich gehöre heute Mamsell Henrietten.

Henriette. Aber bei dem allen sieh dich vor, Schwester! Wenn mir dein Theophan aufstößt, so sollst du sehen, was geschieht. Sie dürfen nicht denken, Adrast, daß ich dieses sage, um Sie eifersüchtig zu machen. Ich fühle es in der Tat, daß ich anfange, Sie zu hassen.

Adrast. Es möchte Ihnen auch schwerlich gelingen, mich eifersüchtig zu machen.

Henriette. Oh! das wäre vortrefflich, wenn Sie mir hierinne gleich wären. Alsdann, erst alsdann würde unsre Ehe eine recht glückliche Ehe werden. Freuen Sie sich, Adrast!

wie verächtlich wollen wir einander begegnen! – – Du willst antworten, Schwester? Nun ist es Zeit. Fort, Lisette!

Dritter Auftritt

Adrast. Juliane.

Juliane. Adrast, Sie werden Geduld mit ihr haben müssen. – Sie verdient es aber auch; denn sie hat das beste Herz von der Welt, so verdächtig es ihre Zunge zu machen sucht.

Adrast. Allzugütige Juliane! Sie hat das Glück, Ihre Schwester zu sein; aber wie schlecht macht sie sich dieses Glück zunutze? Ich entschuldige jedes Frauenzimmer, das ohne merkliche Fehler nicht hat aufwachsen können, weil es ohne Erziehung und Beispiele hat aufwachsen müssen; aber ein Frauenzimmer zu entschuldigen, das eine Juliane zum Muster gehabt hat, und eine Henriette geworden ist: bis dahin langt meine Höflichkeit nicht. – –

Juliane. Sie sind aufgebracht, Adrast: wie könnten Sie billig sein?

Adrast. Ich weiß nicht, was ich jetzo bin; aber ich weiß, daß ich aus Empfindung rede. – –

Juliane. Die zu heftig ist, als daß sie lange anhalten sollte.

Adrast. So prophezeien Sie mir mein Unglück.

Juliane. Wie? – Sie vergessen, in was für Verbindung Sie mit meiner Schwester stehen?

Adrast. Ach! Juliane, warum muß ich Ihnen sagen, daß ich kein Herz für Ihre Schwester habe?

Juliane. Sie erschrecken mich. – –

Adrast. Und ich habe Ihnen nur noch die kleinste Hälfte von dem gesagt, was ich Ihnen sagen muß.

billig: gerecht.

Juliane. So erlauben Sie, daß ich mir die größre erspare.
(Sie will fortgehen.)
Adrast. Wohin? Ich hätte Ihnen meine Veränderung ent-
deckt, und Sie wollten die Gründe, die mich dazu bewo-
gen haben, nicht anhören? Sie wollten mich mit dem
Verdachte verlassen, daß ich ein unbeständiger, leichtsin-
niger Flattergeist sei?
Juliane. Sie irren sich. Nicht ich; mein Vater, meine
Schwester, haben allein auf Ihre Rechtfertigungen ein
Recht.
Adrast. Allein? Ach! – –
Juliane. Halten Sie mich nicht länger –
Adrast. Ich bitte nur um einen Augenblick. Der größte
Verbrecher wird gehört – –
Juliane. Von seinem Richter, Adrast; und ich bin Ihr
Richter nicht.
Adrast. Aber ich beschwöre Sie, es jetzt sein zu wollen.
Ihr Vater, schönste Juliane, und Ihre Schwester werden
mich verdammen, und nicht richten. Ihnen allein traue ich
die Billigkeit zu, die mich beruhigen kann.
Juliane *(beiseite)*. Ich glaube, er beredet mich, ihn anzu-
hören. – – Nun wohl! so sagen Sie denn, Adrast, was Sie
wider meine Schwester so eingenommen hat?
Adrast. Sie selbst hat mich wider sich eingenommen. Sie
ist zu wenig Frauenzimmer, als daß ich sie als Frauenzimmer lieben könnte. Wenn ihre Lineamente nicht ihr Ge-
schlecht bestärkten, so würde man sie für einen verkleide-
ten wilden Jüngling halten, der zu ungeschickt wäre, seine
angenommene Rolle zu spielen. Was für ein Mundwerk!
Und was muß es für ein Geist sein, der diesen Mund in
Beschäftigung erhält! Sagen Sie nicht, daß vielleicht Mund
und Geist bei ihr wenig oder keine Verbindung miteinander haben. Desto schlimmer. Diese Unordnung, da ein
jedes von diesen zwei Stücken seinen eignen Weg hält,
macht zwar die Vergehungen einer solchen Person weni-

Lineamente: Linien, Formen.

ger strafbar; allein sie vernichtet auch alles Gute, was
diese Person noch etwa an sich haben kann. Wenn ihre
beißenden Spöttereien, ihre nachteiligen Anmerkungen
deswegen zu übersehen sind, weil sie es, wie man zu
reden pflegt, nicht so böse meinet; ist man nicht berechti-
get, aus eben diesem Grunde dasjenige, was sie Rühmli-
ches und Verbindliches sagt, ebenfalls für leere Töne
anzusehen, bei welchen sie es vielleicht nicht so gut
meinet? Wie kann man eines Art zu denken beurteilen,
wenn man sie nicht aus seiner Art zu reden beurteilen
soll? Und wenn der Schluß von der Rede auf die Gesinnung in dem einen Falle gelten soll, warum soll er in
dem andern gelten? Sie spricht mit dürren Worten, daß sie
mich zu hassen anfange; und ich soll glauben, daß sie
mich noch liebe? So werde ich auch glauben müssen, daß
sie mich hasse, wenn sie sagen wird, daß sie mich zu
lieben anfange.

Juliane. Adrast, Sie betrachten ihre kleinen Neckereien zu
strenge, und verwechseln Falschheit mit Übereilung. Sie
kann der letztern des Tages hundertmal schuldig werden;
und von der erstern doch immer entfernt bleiben. Sie
müssen es aus ihren Taten, und nicht aus ihren Reden,
erfahren lernen, daß sie im Grunde die freundschaftlichste
und zärtlichste Seele hat.

Adrast. Ach! Juliane, die Reden sind die ersten Anfänge
der Taten, ihre Elemente gleichsam. Wie kann man vermuten, daß diejenige vorsichtig und gut handeln werde,
der es nicht einmal gewöhnlich ist, vorsichtig und gut zu
reden? Ihre Zunge verschont nichts, auch dasjenige nicht,
was ihr das Heiligste von der Welt sein sollte. Pflicht,
Tugend, Anständigkeit, Religion: alles ist ihrem Spotte
ausgesetzt. – –

Juliane. Stille, Adrast! Sie sollten der letzte sein, der diese
Anmerkung machte.

Adrast. Wieso?

Juliane. Wieso? – Soll ich aufrichtig reden?

Adrast. Als ob Sie anders reden könnten. – –

Juliane. Wie, wenn das ganze Betragen meiner Schwester, ihr Bestreben leichtsinniger zu scheinen, als sie ist, ihre Begierde Spöttereien zu sagen, sich nur von einer gewissen Zeit herschrieben? Wie, wenn diese gewisse Zeit die Zeit Ihres Hierseins wäre, Adrast?

Adrast. Was sagen Sie?

Juliane. Ich will nicht sagen, daß Sie ihr mit einem bösen Exempel vorgegangen wären. Allein wozu verleitet uns nicht die Begierde zu gefallen? Wenn Sie Ihre Gesinnungen auch noch weniger geäußert hätten: – – und Sie haben sie oft deutlich genug geäußert: – – so würde sie Henriette doch erraten haben. Und sobald sie dieselben erriet, so bald war der Schluß, sich durch die Annehmung gleicher Gesinnungen bei Ihnen beliebt zu machen, für ein lebhaftes Mädchen sehr natürlich. Wollen Sie wohl nun so grausam sein, und ihr dasjenige als ein Verbrechen anrechnen, wofür Sie ihr, als für eine Schmeichelei, danken sollten?

Adrast. Ich danke niemanden, der klein genug ist, meinetwegen seinen Charakter zu verlassen; und derjenige macht mir eine schlechte Schmeichelei, der mich für einen Toren hält, welchem nichts als seine Art gefalle, und der überall gern kleine Kopien und verjüngte Abschilderungen von sich selbst sehen möchte.

Juliane. Aber auf diese Art werden Sie wenig Proselyten machen.

Adrast. Was denken Sie von mir, schönste Juliane? Ich Proselyten machen? Rasendes Unternehmen! Wem habe ich meine Gedanken jemals anschwatzen oder aufdringen wollen? Es sollte mir leid tun, sie unter den Pöbel gebracht zu wissen. Wenn ich sie oft laut und mit einer gewissen Heftigkeit verteidiget habe, so ist es in der Absicht, mich zu rechtfertigen, nicht, andere zu überreden, geschehen. Wenn meine Meinungen zu gemein wür-

---

Proselyten: Neubekehrte, Nachfolger, Schüler.
gemein: allgemein.

den, so würde ich der erste sein, der sie verließe, und die
gegenseitigen annähme.

Juliane. Sie suchen also nur das Sonderbare?

Adrast. Nein, nicht das Sonderbare, sondern bloß das
Wahre; und ich kann nicht dafür, wenn jenes, leider! eine
Folge von diesem ist. Es ist mir unmöglich zu glauben,
daß die Wahrheit gemein sein könne; ebenso unmöglich,
als zu glauben, daß in der ganzen Welt auf einmal Tag sein
könne. Das, was unter der Gestalt der Wahrheit unter
allen Völkern herumschleicht, und auch von den Blödsin-
nigsten angenommen wird, ist gewiß keine Wahrheit, und
man darf nur getrost die Hand, sie zu entkleiden, anlegen,
so wird man den scheußlichsten Irrtum nackend vor sich
stehen sehen.

Juliane. Wie elend sind die Menschen, und wie ungerecht
ihr Schöpfer, wenn Sie recht haben, Adrast! Es muß
entweder gar keine Wahrheit sein, oder sie muß von der
Beschaffenheit sein, daß sie von den meisten, ja von allen,
wenigstens im Wesentlichsten, empfunden werden kann.

Adrast. Es liegt nicht an der Wahrheit, daß sie es nicht
werden kann, sondern an den Menschen. – – Wir sollen
glücklich in der Welt leben; dazu sind wir erschaffen;
dazu sind wir einzig und allein erschaffen. Sooft die
Wahrheit diesem großen Endzwecke hinderlich ist, sooft
ist man verbunden, sie beiseite zu setzen; denn nur wenig
Geister können in der Wahrheit selbst ihr Glück finden.
Man lasse daher dem Pöbel seine Irrtümer; man lasse sie
ihm, weil sie ein Grund seines Glückes und die Stütze des
Staates sind, in welchem er für sich Sicherheit, Überfluß
und Freude findet. Ihm die Religion nehmen, heißt ein
wildes Pferd auf der fetten Weide losbinden, das, sobald
es sich frei fühlt, lieber in unfruchtbaren Wäldern herum-
schweifen und Mangel leiden, als durch einen gemächli-
chen Dienst alles, was es braucht, erwerben will. – Doch
nicht für den Pöbel allein, auch noch für einen andern Teil
des menschlichen Geschlechts muß man die Religion beibehalten. Für den schönsten Teil, meine ich, dem sie eine

Art von Zierde, wie dort eine Art von Zaume ist. Das
Religiöse stehet der weiblichen Bescheidenheit sehr wohl;
es gibt der Schönheit ein gewisses edles, gesetztes und
schmachtendes Ansehen – –

Juliane. Halten Sie, Adrast! Sie erweisen meinem
Geschlechte ebensowenig Ehre, als der Religion. Jenes
setzen Sie mit dem Pöbel in *eine* Klasse, so fein auch Ihre
Wendung war; und diese machen Sie aufs höchste zu einer
Art von Schminke, die das Geräte auf unsern Nachtti-
schen vermehren kann. Nein, Adrast! die Religion ist eine
Zierde für alle Menschen; und muß ihre wesentlichste
Zierde sein. Ach! Sie verkennen sie aus Stolze; aber aus
einem falschen Stolze. Was kann unsre Seele mit erhabe-
nern Begriffen füllen, als die Religion? Und worin kann
die Schönheit der Seele anders bestehen, als in solchen
Begriffen? in würdigen Begriffen von Gott, von uns, von
unsern Pflichten, von unserer Bestimmung? Was kann
unser Herz, diesen Sammelplatz verderbter und unruhi-
ger Leidenschaften, mehr reinigen, mehr beruhigen, als
eben diese Religion? Was kann uns im Elende mehr
aufrichten, als sie? Was kann uns zu wahrern Menschen,
zu bessern Bürgern, zu aufrichtigern Freunden machen,
als sie? – – Fast schäme ich mich, Adrast, mit Ihnen so
ernstlich zu reden. Es ist der Ton ohne Zweifel nicht, der
Ihnen an einem Frauenzimmer gefällt, ob Ihnen gleich der
entgegengesetzte ebensowenig zu gefallen scheinet. Sie
könnten alles dieses aus einem beredtern Munde, aus dem
Munde des Theophans hören.

Vierter Auftritt

Henriette. Juliane. Adrast.

Henriette *(bleibt an der Szene horchend stehen)*. St!
Adrast. Sagen Sie mir nichts vom Theophan. Ein Wort
von Ihnen hat mehr Nachdruck, als ein stundenlanges

Geplärre von ihm. Sie wundern sich? Kann es bei der
Macht, die eine Person über mich haben muß, die ich
einzig liebe, die ich anbete, anders sein? – – Ja, die ich
liebe. – Das Wort ist hin! es ist gesagt! Ich bin mein
Geheimnis los, bei dessen Verschweigung ich mich ewig
gequälet hätte, von dessen Entdeckung ich aber darum
nichts mehr hoffe. – – Sie entfärben sich? – –

Juliane. Was habe ich gehört? Adrast! –

Adrast *(indem er niederfällt)*. Lassen Sie mich es Ihnen auf
den Knien zuschwören, daß Sie die Wahrheit gehört
haben. – Ich liebe Sie, schönste Juliane, und werde Sie
ewig lieben. Nun, nun liegt mein Herz klar und aufgedeckt vor Ihnen da. Umsonst wollte ich mich und andere
bereden, daß meine Gleichgültigkeit gegen Henrietten die
Wirkung an ihr bemerkter nachteiliger Eigenschaften sei;
da sie doch nichts, als die Wirkung einer schon gebunde-
nen Neigung war. Ach! die liebenswürdige Henriette hat
vielleicht keinen andern Fehler, als diesen, daß sie eine
noch liebenswürdigere Schwester hat. – –

Henriette. Bravo! die Szene muß ich den Theophan
unterbrechen lassen. – – – *(Geht ab.)*

Fünfter Auftritt

Juliane. Adrast.

Adrast *(indem er gähling aufsteht)*. Wer sprach hier?

Juliane. Himmel! es war Henriettens Stimme.

Adrast. Ja, sie war es. Was für eine Neugierde! was für ein
Vorwitz! Nein, nein! ich habe nichts zu widerrufen; sie
hat alle die Fehler, die ich ihr beigelegt, und noch weit
mehrere. Ich könnte sie nicht lieben, und wenn ich auch
schon vollkommen frei, vollkommen gleichgültig gegen
eine jede andere wäre.

gähling: jählings, plötzlich.

J u l i a n e. Was für Verdruß, Adrast, werden Sie mir zuziehen!

A d r a s t. Sorgen Sie nicht! Ich werde Ihnen allen diesen Verdruß durch meine plötzliche Entfernung zu ersparen wissen.

J u l i a n e. Durch Ihre Entfernung?

A d r a s t. Ja, sie ist fest beschlossen. Meine Umstände sind von der Beschaffenheit, daß ich die Güte Lisidors mißbrauchen würde, wenn ich länger bliebe. Und über dieses will ich lieber meinen Abschied nehmen, als ihn bekommen.

J u l i a n e. Sie überlegen nicht, was Sie sagen, Adrast. Von wem sollten Sie ihn bekommen?

A d r a s t. Ich kenne die Väter, schönste Juliane, und kenne auch die Theophane. Erlauben Sie, daß ich mich nicht näher erklären darf. Ach! wenn ich mir schmeicheln könnte, daß Juliane – – Ich sage nichts weiter. Ich will mir mit keiner Unmöglichkeit schmeicheln. Nein, Juliane kann den Adrast nicht lieben; sie muß ihn hassen. – –

J u l i a n e. Ich hasse niemanden, Adrast. –

A d r a s t. Sie hassen mich; denn hier ist Hassen eben das, was Nichtlieben ist. Sie lieben den Theophan. – – Ha! hier kömmt er selbst.

Sechster Auftritt

Theophan. Adrast. Juliane.

J u l i a n e *(beiseite).* Was wird er sagen? was werde ich antworten?

A d r a s t. Ich kann mir es einbilden, auf wessen Anstiften Sie herkommen. Aber was glaubt sie damit zu gewinnen? Mich zu verwirren? mich wieder an sich zu ziehen? – – Wie wohl läßt es Ihnen, Theophan, und Ihrem ehrwürdigen Charakter, das Werkzeug einer weiblichen Eifersucht zu sein! Oder kommen Sie gar, mich zur Rede zu setzen?

Ich werde Ihnen alles gestehen; ich werde noch stolz
darauf sein.

Theophan. Wovon reden Sie, Adrast? Ich verstehe kein
Wort.

Juliane. Erlauben Sie, daß ich mich entferne. Theophan,
ich schmeichle mir, daß Sie einige Hochachtung für mich
haben; Sie werden keine ungerechte Auslegungen machen, und wenigstens glauben, daß ich meine Pflicht
kenne, und daß sie mir zu heilig ist, sie auch nur in
Gedanken zu verletzen.

Theophan. Verziehen Sie doch. – Was sollen diese
Reden? Ich verstehe Sie so wenig, als ich den Adrast
verstanden habe.

Juliane. Es ist mir lieb, daß Sie aus einer unschuldigen
Kleinigkeit nichts machen wollen. Aber lassen Sie mich –
– (Geht ab.)

Siebenter Auftritt

Adrast. Theophan.

Theophan. Ihre Geliebte, Adrast, schickte mich hierher:
Ich würde hier nötig sein, sagte sie. Ich eile, und bekomme lauter Rätsel zu hören.

Adrast. Meine Geliebte? – – Ei! wie fein haben Sie dieses
angebracht! Gewiß, Sie konnten Ihre Vorwürfe nicht
kürzer fassen.

Theophan. Meine Vorwürfe? Was habe ich Ihnen denn
vorzuwerfen?

Adrast. Wollen Sie etwa die Bestätigung aus meinem
Munde hören?

Theophan. Sagen Sie mir nur, was Sie bestätigen wollen?
Ich stehe ganz erstaunt hier. – –

Adrast. Das geht zu weit. Welche kriechende Verstellung!

Verziehen: warten, verweilen.

Doch damit sie Ihnen endlich nicht zu sauer wird, so will ich Sie mit Gewalt zwingen, sie abzulegen. – – Ja, es ist alles wahr, was Ihnen Henriette hinterbracht hat. Sie war niederträchtig genug, uns zu behorchen. – Ich liebe Julianen, und habe ihr meine Liebe gestanden. –

Theophan. Sie lieben Julianen?

Adrast *(spöttisch)*. Und was das Schlimmste dabei ist, ohne den Theophan um Erlaubnis gebeten zu haben.

Theophan. Stellen Sie sich deswegen zufrieden. Sie haben nur eine sehr kleine Formalität übergangen.

Adrast. Ihre Gelassenheit, Theophan, ist hier nichts Besonders. Sie glauben Ihrer Sachen gewiß zu sein. – – Und ach! wenn Sie es doch weniger wären! Wenn ich doch nur mit der geringsten Wahrscheinlichkeit hinzusetzen könnte, daß Juliane auch mich liebe. Was für eine Wollust sollte mir das Erschrecken sein, das sich in Ihrem Gesichte verraten würde! Was für ein Labsal für mich, wenn ich Sie seufzen hörte, wenn ich Sie zittern sähe! Wie würde ich mich freuen, wenn Sie Ihre ganze Wut an mir auslassen, und mich voller Verzweiflung, ich weiß nicht wohin, verwünschen müßten!

Theophan. So könnte Sie wohl kein Glück entzücken, wenn es nicht durch das Unglück eines andern gewürzt würde? – – Ich bedaure den Adrast! Die Liebe muß alle ihre verderbliche Macht an ihm verschwendet haben, weil er so unanständig reden kann.

Adrast. Wohl! an dieser Miene, an dieser Wendung erinnere ich mich, was ich bin. Es ist wahr, ich bin Ihr Schuldner, Theophan: und gegen seine Schuldner hat man das Recht, immer ein wenig groß zu tun; – – doch Geduld! ich hoffe es nicht lange mehr zu sein. Es hat sich noch ein ehrlicher Mann gefunden, der mich aus dieser Verlegenheit reißen will. Ich weiß nicht, wo er bleibt. Seinem Versprechen gemäß, hätte er bereits mit dem Gelde hier sein sollen. Ich werde wohltun, wenn ich ihn hole.

Theophan. Aber noch ein Wort, Adrast. Ich will Ihnen
mein ganzes Herz entdecken. – –

Adrast. Diese Entdeckung würde mich nicht sehr belusti-
gen. Ich gehe, und bald werde ich Ihnen mit einem
kühnern Gesichte unter die Augen treten können. *(Geht
ab.)*

Theophan *(allein)*. Unbiegsamer Geist! Fast verzweifle
ich an meinem Unternehmen. Alles ist bei ihm umsonst.
Aber was würde er gesagt haben, wenn er mir Zeit
gelassen hätte, ihn für sein Geständnis, mit einem andern
ähnlichen Geständnisse zu bezahlen? – – Sie kömmt.

Achter Auftritt

Henriette. Lisette. Theophan.

Henriette. Nun? Theophan, habe ich Sie nicht zu einem
artigen Anblicke verholfen?

Theophan. Sie sind leichtfertig, schöne Henriette. Aber
was meinen Sie für einen Anblick? Kaum daß ich die
Hauptsache mit Mühe und Not begriffen habe.

Henriette. O schade! – Sie kamen also zu langsam? und
Adrast lag nicht mehr vor meiner Schwester auf den
Knien?

Theophan. So hat er vor ihr auf den Knien gelegen?

Lisette. Leider für Sie alle beide!

Henriette. Und meine Schwester stand da, – – ich kann es
Ihnen nicht beschreiben, – – stand da, fast, als wenn sie
ihn in dieser unbequemen Stellung gerne gesehen hätte.
Sie dauern mich, Theophan! – –

Theophan. Soll ich Sie auch bedauern, mitleidiges
Kind?

Henriette. Mich bedauern? Sie sollen mir Glück wünschen.

Lisette. Aber nein; so etwas schreit um Rache!

Theophan. Und wie meint Lisette denn, daß man sich
rächen könne?

Lisette. Sie wollen sich also doch rächen?

Theophan. Vielleicht.

Lisette. Und Sie sich auch, Mamsell?

Henriette. Vielleicht.

Lisette. Gut! das sind zwei Vielleicht, womit sich etwas anfangen läßt.

Theophan. Aber es ist noch sehr ungewiß, ob Juliane den Adrast wiederliebt; und wenn dieses nicht ist, so würde ich zu zeitig auf Rache denken.

Lisette. Oh! die christliche Seele! Nun überlegt sie erst, daß man sich nicht rächen soll.

Theophan. Nicht so spöttisch, Lisette! Es würde hier von einer sehr unschuldigen Rache die Rede sein.

Henriette. Das meine ich auch; von einer sehr unschuldigen.

Lisette. Wer leugnet das? von einer so unschuldigen, daß man sich mit gutem Gewissen darüber beratschlagen kann. Hören Sie nur! Ihre Rache, Herr Theophan, wäre eine männliche Rache, nicht wahr? und Ihre Rache, Mamsell Henriette, wäre eine weibliche Rache: eine männliche Rache nun, und eine weibliche Rache – – Ja! wie bringe ich wohl das Ding recht gescheut herum?

Henriette. Du bist eine Närrin mitsamt deinen Geschlechtern.

Lisette. Helfen Sie mir doch ein wenig, Herr Theophan. – – Was meinen Sie dazu? Wenn zwei Personen einerlei Weg gehen müssen, nicht wahr? so ist es gut, daß diese zwei Personen einander Gesellschaft leisten?

Theophan. Jawoh!; aber vorausgesetzt, daß diese zwei Personen einander leiden können.

Henriette. Das war der Punkt!

Lisette *(beiseite)*. Will denn keines anbeißen? Ich muß einen andern Zipfel fassen. – – Es ist schon wahr, was Herr Theophan vorhin sagte, daß es nämlich noch sehr ungewiß sei, ob Mamsell Juliane den Adrast liebe. Ich setze sogar hinzu: Es ist noch sehr ungewiß, ob Herr Adrast Mamsell Julianen wirklich liebt.

Henriette. O schweig, du unglückliche Zweiflerin. Es soll nun aber gewiß sein!

Lisette. Die Mannspersonen bekommen dann und wann gewisse Anfälle von einer gewissen wetterwendischen Krankheit, die aus einer gewissen Überladung des Herzens entspringt.

Henriette. Aus einer Überladung des Herzens? Schön gegeben!

Lisette. Ich will Ihnen gleich sagen, was das heißt. So wie Leute, die sich den Magen überladen haben, nicht eigentlich mehr wissen, was ihnen schmeckt, und was ihnen nicht schmeckt: so geht es auch den Leuten, die sich das Herz überladen haben. Sie wissen selbst nicht mehr, auf welche Seite das überladene Herz hinhängt, und da trifft es sich denn wohl, daß kleine Irrungen in der Person daraus entstehen. – – Habe ich nicht recht, Herr Theophan?

Theophan. Ich will es überlegen.

Lisette. Sie sind freilich eine weit bessere Art von Mannspersonen, und ich halte Sie für allzu vorsichtig, als daß Sie Ihr Herz so überladen sollten. – – Aber wissen Sie wohl, was ich für einen Einfall habe, wie wir gleichwohl hinter die Wahrheit mit dem Herrn Adrast und der Mamsell Juliane kommen wollen?

Theophan. Nun?

Henriette. Du würdest mich neugierig machen, wenn ich nicht schon hinter der Wahrheit wäre. – –

Lisette. Wie? wenn wir einen gewissen blinden Lärm machten?

Henriette. Was ist das wieder?

Lisette. Ein blinder Lärm ist ein Lärm wohinter nichts ist; der aber doch die Gabe hat, den Feind – – zu einer gewissen Aufmerksamkeit zu bringen. – – Zum Exempel: Um zu erfahren, ob Mamsell Juliane den Adrast liebe, müßte sich Herr Theophan in jemand anders verliebt stellen; und um zu erfahren, ob Adrast Mamsell Julianen liebe, müßten Sie sich in jemand anders verliebt stellen.

Und da es nun nicht lassen würde, wenn sich Herr
Theophan in mich verliebt stellte, noch viel weniger,
wenn Sie sich in seinen Martin verliebt stellen wollten: so
wäre, kurz und gut, mein Rat, Sie stellten sich beide
ineinander verliebt. – – Ich rede nur von Stellen; merken
Sie wohl, was ich sage! nur von Stellen; denn sonst könnte
der blinde Lärm auf einmal Augen kriegen. – – Nun sagen
Sie mir beide, ist der Anschlag nicht gut?

Theophan *(beiseite)*. Wo ich nicht gehe, so wird sie noch
machen, daß ich mich werde erklären müssen. – – Der
Anschlag ist so schlimm nicht; aber – –

Lisette. Sie sollen sich ja nur stellen. –

Theophan. Das Stellen eben ist es, was mir dabei nicht
gefällt.

Lisette. Und Sie, Mamsell?

Henriette. Ich bin auch keine Liebhaberin vom Stellen.

Lisette. Besorgen Sie beide etwa, daß Sie es zu natürlich
machen möchten? – Was stehen Sie so auf dem Sprunge,
Herr Theophan? Was stehen Sie so in Gedanken, Mamsell?

Henriette. Oh! geh; es wäre in meinem Leben das er-
stemal.

Theophan. Ich muß mich auf einige Augenblicke beurlau-
ben, schönste Henriette. –

Lisette. Es ist nicht nötig. Sie sollen mir wahrhaftig nicht
nachsagen, daß ich Sie weggeplaudert habe. Kommen Sie,
Mamsell! – –

Henriette. Es ist auch wahr, dein Plaudern ist manchmal
recht ärgerlich. Komm! – – Theophan, soll ich sagen, daß
Sie nicht lange weg sein werden?

Theophan. Wenn ich bitten darf. – –

*(Henriette und Lisette gehen auf der einen Seite ab. Indem
Theophan auf der andern abgehen will, begegnet ihm der
Wechsler.)*

---

nicht lassen würde: nicht schicklich sein würde.

Neunter Auftritt

Theophan. Der Wechsler.

Der Wechsler. Sie werden verzeihen, mein Herr. Ich möchte nur ein Wort mit dem Herrn Adrast sprechen.

Theophan. Eben jetzt ist er ausgegangen. Wollen Sie mir es auftragen? – –

Der Wechsler. Wenn ich so frei sein darf. – – Er hat eine Summe Geldes bei mir aufnehmen wollen, die ich ihm auch anfangs versprach. Ich habe aber nunmehr Bedenklichkeiten gefunden, und ich komme, es ihm wieder abzusagen: das ist es alles.

Theophan. Bedenklichkeiten, mein Herr? Was für Bedenklichkeiten? doch wohl keine von seiten des Adrast?

Der Wechsler. Warum nicht?

Theophan. Ist er kein Mann von Kredit?

Der Wechsler. Kredit, mein Herr, Sie werden wissen, was das ist. Man kann heute Kredit haben, ohne gewiß zu sein, daß man ihn morgen haben wird. Ich habe seine jetzigen Umstände erfahren. –

Theophan *(beiseite).* Ich muß mein möglichstes tun, daß diese nicht auskommen. – – Sie müssen die falschen erfahren haben. – – Kennen Sie mich, mein Herr? –

Der Wechsler. Von Person nicht; vielleicht, wenn ich Ihren Namen hören sollte. – –

Theophan. Theophan.

Der Wechsler. Ein Name, von dem ich allezeit das Beste gehört habe.

Theophan. Wenn Sie dem Herrn Adrast die verlangte Summe nicht auf seine Unterschrift geben wollen, wollen Sie es wohl auf die meinige tun?

Der Wechsler. Mit Vergnügen.

Theophan. Haben Sie also die Güte, mich auf meine Stube zu begleiten. Ich will Ihnen die nötigen Versicherungen ausstellen; wobei es bloß darauf ankommen wird, diese Bürgschaft vor dem Adrast selbst geheim zu halten.

Der Wechsler. Vor ihm selbst?

Theophan. Allerdings; um ihm den Verdruß über Ihr Mißtrauen zu ersparen. – –

Der Wechsler. Sie müssen ein großmütiger Freund sein.

Theophan. Lassen Sie uns nicht länger verziehen.
(Gehen ab.)

      (Ende des vierten Aufzuges.)

Fünfter Aufzug

Erster Auftritt

*Der Wechsler, von der einen Seite, und von der andern
Adrast.*

Adrast *(vor sich)*. Ich habe meinen Mann nicht finden
können. – –

Der Wechsler *(vor sich)*. So lasse ich es mir gefallen. – –

Adrast. Aber sieh da! – – Ei! mein Herr, finde ich Sie hier?
So sind wir ohne Zweifel einander fehlgegangen?

Der Wechsler. Es ist mir lieb, mein Herr Adrast, daß ich
Sie noch treffe.

Adrast. Ich habe Sie in Ihrer Wohnung gesucht. Die Sache
leidet keinen Aufschub. Ich kann mich doch noch auf Sie
verlassen?

Der Wechsler. Nunmehr, ja.

Adrast. Nunmehr? Was wollen Sie damit?

Der Wechsler. Nichts. Ja, Sie können sich auf mich
verlassen.

Adrast. Ich will nicht hoffen, daß Sie einiges Mißtrauen
gegen mich haben?

Der Wechsler. Im geringsten nicht.

Adrast. Oder, daß man Ihnen einiges beizubringen
gesucht hat?

Der Wechsler. Noch viel weniger.

Adrast. Wir haben bereits miteinander zu tun gehabt, und
Sie sollen mich auch künftig als einen ehrlichen Mann
finden.

Der Wechsler. Ich bin ohne Sorgen.

Adrast. Es liegt meiner Ehre daran, diejenigen zuschanden
zu machen, die boshaft genug sind, meinen Kredit zu
schmälern.

Der Wechsler. Ich finde, daß man das Gegenteil tut.

Adrast. Oh! sagen Sie das nicht. Ich weiß wohl, daß ich
meine Feinde habe –

Der Wechsler. Sie haben aber auch Ihre Freunde. – –

Adrast. Aufs höchste dem Namen nach. Ich würde auszu-
lachen sein, wenn ich auf sie rechnen wollte. – – Und
glauben Sie, mein Herr, daß es mir nicht einmal lieb ist,
daß Sie, in meiner Abwesenheit, hier in diesem Hause
gewesen sind?

Der Wechsler. Und es muß Ihnen doch lieb sein.

Adrast. Es ist zwar das Haus, zu welchem ich mir nichts
als Gutes versehen sollte; aber eine gewisse Person darin,
mein Herr, eine gewisse Person – – Ich weiß, ich würde es
empfunden haben, wenn Sie mit derselben gesprochen
hätten.

Der Wechsler. Ich habe eigentlich mit niemanden
gesprochen; diejenige Person aber, bei welcher ich mich
nach Ihnen erkundigte, hat die größte Ergebenheit gegen
Sie bezeugt.

Adrast. Ich kann es Ihnen wohl sagen, wer die Person ist,
vor deren übeln Nachrede ich mich einigermaßen fürchte.
Es wird sogar gut sein, wenn Sie es wissen, damit Sie,
wenn Ihnen nachteilige Dinge von mir zu Ohren kommen
sollten, den Urheber kennen.

Der Wechsler. Ich werde nicht nötig haben, darauf zu
hören.

Adrast. Aber doch – – Mit einem Worte, es ist Theophan.

Der Wechsler *(erstaunt)*. Theophan?

Adrast. Ja, Theophan. Er ist mein Feind – –

Der Wechsler. Theophan Ihr Feind?

Adrast. Sie erstaunen?

Der Wechsler. Nicht ohne die größte Ursache. –

Adrast. Ohne Zweifel weil Sie glauben, daß ein Mann von
seinem Stande nicht anders, als großmütig und edel sein
könne? – –

Der Wechsler. Mein Herr – –

Adrast. Er ist der gefährlichste Heuchler, den ich unter
seinesgleichen noch jemals gefunden habe.

Der Wechsler. Mein Herr – –

A d r a s t. Er weiß, daß ich ihn kenne, und gibt sich daher alle Mühe, mich zu untergraben. – –

D e r W e c h s l e r. Ich bitte Sie – –

A d r a s t. Wenn Sie etwa eine gute Meinung von ihm haben, so irren Sie sich sehr. Vielleicht zwar, daß Sie ihn nur von der Seite seines Vermögens kennen; und wider dieses habe ich nichts: er ist reich; aber eben sein Reichtum schafft ihm Gelegenheit, auf die allerfeinste Art schaden zu können.

D e r W e c h s l e r. Was sagen Sie?

A d r a s t. Er wendet unbeschreibliche Ränke an, mich aus diesem Hause zu bringen; Ränke, denen er ein so unschuldiges Ansehen geben kann, daß ich selbst darüber erstaune.

D e r W e c h s l e r. Das ist zu arg! Länger kann ich durchaus nicht schweigen. Mein Herr, Sie hintergehen sich auf die erstaunlichste Art. – –

A d r a s t. Ich mich?

D e r W e c h s l e r. Theophan kann das unmöglich sein, wofür Sie ihn ausgeben. Hören Sie alles! Ich kam hierher, mein Ihnen gegebenes Wort wieder zurückezunehmen. Ich hatte von sicherer Hand, nicht vom Theophan, Umstände von Ihnen erfahren, die mich dazu nötigten. Ich fand ihn hier, und ich glaubte, es ihm ohne Schwierigkeit sagen zu dürfen –

A d r a s t. Dem Theophan? Wie wird sich der Niederträchtige gekitzelt haben!

D e r W e c h s l e r. Gekitzelt? Er hat auf das nachdrücklichste für Sie gesprochen. Und kurz, wenn ich Ihnen mein erstes Versprechen halte, so geschieht es bloß in Betrachtung seiner.

A d r a s t. In Betrachtung seiner? – Wo bin ich?

D e r W e c h s l e r. Er hat mir schriftliche Versicherungen gegeben, die ich als eine Bürgschaft für Sie ansehen kann. Zwar hat er mir es zugleich verboten, jemanden das

gekitzelt: gefreut.

geringste davon zu sagen: allein ich konnte es unmöglich anhören, daß ein rechtschaffener Mann so unschuldig verlästert würde. Sie können die verlangte Summe bei mir abholen lassen, wann es Ihnen beliebt. Nur werden Sie mir den Gefallen tun und sich nichts gegen ihn merken lassen. Er bezeugte bei dem ganzen Handel so viel Aufrichtigkeit und Freundschaft für Sie, daß er ein Unmensch sein müßte, wenn er die Verstellung bis dahin treiben könnte. – Leben Sie wohl! *(Geht ab.)*

Zweiter Auftritt

A d r a s t. – – Was für ein neuer Streich! – Ich kann nicht wieder zur mir selbst kommen! – – Es ist nicht auszuhalten! – Verachtungen, Beleidigungen, – Beleidigungen in dem Gegenstande, der ihm der liebste sein muß: – – alles ist umsonst; nichts will er fühlen. Was kann ihn so verhärten? Die Bosheit allein, die Begierde allein, seine Rache reif werden zu lassen. – – Wen sollte dieser Mann nicht hinter das Licht führen? Ich weiß nicht, was ich denken soll. Er dringt seine Wohltaten mit einer Art auf – – Aber verwünscht sind seine Wohltaten, und seine Art! Und wenn auch keine Schlange unter diesen Blumen läge, so würde ich ihn doch nicht anders als hassen können. Hassen werde ich ihn, und wenn er mir das Leben rettete. Er hat mir das geraubt, was kostbarer ist, als das Leben: das Herz meiner Juliane; ein Raub, den er nicht ersetzen kann, und wenn er sich mir zu eigen schenkte. Doch er will ihn nicht ersetzen; ich dichte ihm noch eine zu gute Meinung an. – –

Dritter Auftritt

Theophan. Adrast.

Theophan. In welcher heftigen Bewegung treffe ich Sie
abermal, Adrast?

Adrast. Sie ist Ihr Werk.

Theophan. So muß sie eines von denen Werken sein, die
wir alsdann wider unsern Willen hervorbringen, wann wir
uns am meisten nach ihrem Gegenteile bestreben. Ich
wünsche nichts, als Sie ruhig zu sehen, damit Sie mit
kaltem Blute von einer Sache mit mir reden könnten, die
uns beide nicht näher angehen kann.

Adrast. Nicht wahr, Theophan? es ist der höchste Grad
der List, wenn man alle seine Streiche so zu spielen weiß,
daß die, denen man sie spielt, selbst nicht wissen, ob und
was für Vorwürfe sie uns machen sollen?

Theophan. Ohne Zweifel.

Adrast. Wünschen Sie sich Glück: Sie haben diesen Grad
erreicht.

Theophan. Was soll das wieder?

Adrast. Ich versprach Ihnen vorhin, die bewußten Wechsel zu bezahlen – *(spöttisch)* Sie werden es nicht übelnehmen, es kann nunmehr nicht sein. Ich will Ihnen, anstatt
der zerrissenen, andere Wechsel schreiben.

Theophan *(in eben dem Tone)*. Es ist wahr, ich habe sie in
keiner andern Absicht zerrissen, als neue von Ihnen zu
bekommen. –

Adrast. Es mag Ihre Absicht gewesen sein, oder nicht: Sie
sollen sie haben. – Wollten Sie aber nicht etwa gern
erfahren, warum ich sie nunmehr nicht bezahlen kann?

Theophan. Nun?

Adrast. Weil ich die Bürgschaften nicht liebe.

Theophan. Die Bürgschaften?

Adrast. Ja; und weil ich Ihrer Rechten nichts geben mag,
was ich aus Ihrer Linken nehmen müßte.

Theophan *(beiseite)*. Der Wechsler hat mir nicht reinen
Mund gehalten!

Adrast. Sie verstehen mich doch?

Theophan. Ich kann es nicht mit Gewißheit sagen.

Adrast. Ich gebe mir alle Mühe, Ihnen auf keine Weise verbunden zu sein: muß es mich also nicht verdrießen, daß Sie mich in den Verdacht bringen, als ob ich es gleichwohl zu sein Ursache hätte?

Theophan. Ich erstaune über Ihre Geschicklichkeit, alles auf der schlimmsten Seite zu betrachten.

Adrast. Und wie Sie gehört haben, so bin ich über die Ihrige erstaunt, diese schlimme Seite so vortrefflich zu verbergen. Noch weiß ich selbst nicht eigentlich, was ich davon denken soll.

Theophan. Weil Sie das Natürlichste davon nicht denken wollen.

Adrast. Dieses Natürlichste, meinen Sie vielleicht, wäre das, wenn ich dächte, daß Sie diesen Schritt aus Großmut, aus Vorsorge für meinen guten Namen getan hätten? Allein, mit Erlaubnis, hier wäre es gleich das Unnatürlichste.

Theophan. Sie haben doch wohl recht. Denn wie wäre es immer möglich, daß ein Mann von meinem Stande nur halb so menschliche Gesinnungen haben könnte?

Adrast. Lassen Sie uns Ihren Stand einmal beiseite setzen.

Theophan. Sollten Sie das wohl können? –

Adrast. Gesetzt also, Sie wären keiner von den Leuten, die, den Charakter der Frömmigkeit zu behaupten, ihre Leidenschaften so geheim, als möglich, halten müssen; die anfangs aus Wohlstand heucheln lernen, und endlich die Heuchelei als eine zweite Natur beibehalten; die nach ihren Grundsätzen verbunden sind, sich ehrlicher Leute, welche sie die Kinder der Welt nennen, zu entziehen, oder wenigstens aus keiner andern Absicht Umgang mit ihnen zu pflegen, als aus der niederträchtigen Absicht, sie auf ihre Seite zu lenken; gesetzt, Sie wären keiner von

Wohlstand: Anstand.

diesen: sind Sie nicht wenigstens ein Mensch, der Beleidigungen empfindet? Und auf einmal alles in allem zu
sagen: – – Sind Sie nicht ein Liebhaber, welcher Eifersucht
fühlen muß?

Theophan. Es ist mir angenehm, daß Sie endlich auf
diesen Punkt herauskommen.

Adrast. Vermuten Sie aber nur nicht, daß ich mit der
geringsten Mäßigung davon sprechen werde.

Theophan. So will ich es versuchen, desto mehrere dabei
zu brauchen.

Adrast. Sie lieben Julianen, und ich – ich – was suche ich
lange noch Worte? – Ich hasse Sie wegen dieser Liebe, ob
ich gleich kein Recht auf den geliebten Gegenstand habe;
und Sie, der Sie ein Recht darauf haben, sollten mich, der
ich Sie um dieses Recht beneide, nicht auch hassen?

Theophan. Gewiß, ich sollte nicht. – Aber lassen Sie uns
doch das Recht untersuchen, das Sie und ich auf Julianen
haben.

Adrast. Wenn dieses Recht auf die Stärke unserer Liebe
ankäme, so würde ich es Ihnen vielleicht noch streitig
machen. Es ist Ihr Glück, daß es auf die Einwilligung
eines Vaters, und auf den Gehorsam einer Tochter ankömmt. – –

Theophan. Hierauf will ich es durchaus nicht ankommen
lassen. Die Liebe allein soll Richter sein. Aber merken Sie
wohl, nicht bloß unsere, sondern vornehmlich die Liebe
derjenigen, in deren Besitz Sie mich glauben. Wenn Sie
mich überführen können, daß Sie von Julianen wiederge-
liebet werden – –

Adrast. So wollen Sie mir vielleicht Ihre Ansprüche ab-
treten?

Theophan. So muß ich.

Adrast. Wie höhnisch Sie mit mir umgehen! – – Sie sind
Ihrer Sachen gewiß, und überzeugt, daß Sie bei dieser
Rodomontade nichts aufs Spiel setzen.

Rodomontade: Großsprecherei; nach dem Namen des Prahlhanses Rodomont
in Matteo Bojardos (1440–94) Versepos »Der verliebte Roland«.

Theophan. Also können Sie mir es nicht sagen, ob Sie Juliane liebet?

Adrast. Wenn ich es könnte, würde ich wohl unterlassen, Sie mit diesem Vorzuge zu peinigen?

Theophan. Stille! Sie machen sich unmenschlicher, als Sie sind. – – Nun wohl! so will ich, – ich will es Ihnen sagen, daß Sie Juliane liebt.

Adrast. Was sagen Sie? – – Doch fast hätte ich über das Entzückende dieser Versicherung vergessen, aus wessen Munde ich sie höre. Recht so! Theophan, recht so! Man muß über seine Feinde spotten. Aber wollen Sie, diese Spötterei vollkommen zu machen, mich nicht auch versichern, daß Sie Julianen nicht lieben?

Theophan *(verdrießlich)*. Es ist unmöglich, mit Ihnen ein vernünftiges Wort zu sprechen. *(Er will weggehen.)*

Adrast *(beiseite)*. Er wird zornig? – Warten Sie doch, Theophan. Wissen Sie, daß die erste aufgebrachte Miene, die ich endlich von Ihnen sehe, mich begierig macht, dieses vernünftige Wort zu hören?

Theophan *(zornig)*. Und wissen Sie, daß ich endlich Ihres schimpflichen Betragens überdrüssig bin?

Adrast *(beiseite)*. Er macht Ernst. –

Theophan *(noch zornig)*. Ich will mich bestreben, daß Sie den Theophan so finden sollen, als Sie ihn sich vorstellen.

Adrast. Verziehen Sie. Ich glaube in Ihrem Trotze mehr Aufrichtigkeit zu sehen, als ich jemals in Ihrer Freundlichkeit gesehen habe.

Theophan. Wunderbarer Mensch! Muß man sich Ihnen gleichstellen, muß man ebenso stolz, ebenso argwöhnisch, ebenso grob sein, als Sie, um Ihr elendes Vertrauen zu gewinnen?

Adrast. Ich werde Ihnen diese Sprache, ihrer Neuigkeit wegen, vergeben müssen.

Theophan. Sie soll Ihnen alt genug werden!

Wunderbarer: wunderlicher.

Adrast. Aber in der Tat – – Sie machen mich vollends
verwirrt. Müssen Sie mir Dinge, worauf alle mein Wohl
ankömmt, mit einem fröhlichen Gesichte sagen? Ich bitte
Sie, sagen Sie es jetzt noch einmal, was ich vorhin für eine
Spötterei aufnehmen mußte.

Theophan. Wenn ich es sage, glauben Sie nur nicht, daß
es um Ihretwillen geschieht.

Adrast. Desto mehr werde ich mich darauf verlassen.

Theophan. Aber ohne mich zu unterbrechen: das bitte
ich. – –

Adrast. Reden Sie nur.

Theophan. Ich will Ihnen den Schlüssel zu dem, was Sie
hören sollen, gleich voraus geben. Meine Neigung hat
mich nicht weniger betrogen, als Sie die Ihrige. Ich kenne
und bewundere alle die Vollkommenheiten, die Julianen
zu einer Zierde ihres Geschlechts machen; aber – ich liebe
sie nicht.

Adrast. Sie – –

Theophan. Es ist gleichviel, ob Sie es glauben oder nicht
glauben. – – Ich habe mir Mühe genug gegeben, meine
Hochachtung in Liebe zu verwandeln. Aber eben bei
dieser Bemühung habe ich Gelegenheit gehabt, es oft sehr
deutlich zu merken, daß sich Juliane einen ähnlichen
Zwang antut. Sie wollte mich lieben, und liebte mich
nicht. Das Herz nimmt keine Gründe an, und will in
diesem, wie in andern Stücken, seine Unabhängigkeit von
dem Verstande behaupten. Man kann es tyrannisieren,
aber nicht zwingen. Und was hilft es, sich selbst zum
Märtyrer seiner Überlegungen zu machen, wenn man
gewiß weiß, daß man keine Beruhigung dabei finden
kann? Ich erbarmte mich also Julianens – – oder vielmehr,
ich erbarmte mich meiner selbst: ich unterdrückte meine
wachsende Neigung gegen eine andre Person nicht länger
und sahe es mit Vergnügen, daß auch Juliane zu ohn-
mächtig oder zu nachsehend war, der ihrigen zu widerste-
hen. Diese ging auf einen Mann, der ihrer ebenso unwürdig ist, als unwürdig er ist, einen Freund zu haben. Adrast

würde sein Glück in ihren Augen längst gewahr geworden
sein, wenn Adrast gelassen genug wäre, richtige Blicke zu
tun. Er betrachtet alles durch das gefärbte Glas seiner
vorgefaßten Meinungen, und alles obenhin; und würde
wohl oft lieber seine Sinne verleugnen, als seinen Wahn
aufgeben. Weil Juliane ihn liebenswürdig fand, konnte ich
mir unmöglich einbilden, daß er so gar verderbt sei. Ich
sann auf Mittel, es beiden mit der besten Art beizubringen, daß sie mich nicht als eine gefährliche Hinderung
ansehen sollten. Ich kam nur jetzt in dieser Absicht
hieher; allein ließ mich Adrast, ohne die schimpflichsten
Abschreckungen, darauf kommen? Ich würde ihn, ohne
ein weiteres Wort, verlassen haben, wenn ich mich nicht
noch derjenigen Person wegen gezwungen hätte, der ich,
von Grund meiner Seelen, alles gönne, was sie sich selbst
wünscht. – – Mehr habe ich ihm nicht zu sagen. *(Er will
fortgehen.)*

A d r a s t. Wohin, Theophan? – – Urteilen Sie aus meinem
Stilleschweigen, wie groß mein Erstaunen sein müsse! –
Es ist eine menschliche Schwachheit, sich dasjenige leicht
überreden zu lassen, was man heftig wünscht. Soll ich ihr
nachhängen? soll ich sie unterdrücken?

T h e o p h a n. Ich will bei Ihrer Überlegung nicht gegenwärtig sein. – –

A d r a s t. Wehe dem, der mich auf eine so grausame Art
aufzuziehen denkt!

T h e o p h a n. So räche mich denn Ihre marternde Ungewiß-
heit an Ihnen!

A d r a s t *(beiseite)*. Jetzt will ich ihn fangen. – – Wollen Sie
mir noch ein Wort erlauben, Theophan? – – Wie können
Sie über einen Menschen zürnen, der mehr aus Erstaunen
über sein Glück, als aus Mißtrauen gegen Sie, zwei-
felt? – –

T h e o p h a n. Adrast, ich werde mich schämen, nur einen
Augenblick gezürnt zu haben, sobald Sie vernünftig reden
wollen.

A d r a s t. Wenn es wahr ist, daß Sie Julianen nicht lieben,

wird es nicht nötig sein, daß Sie sich dem Lisidor entdecken?

Theophan. Allerdings.

Adrast. Und Sie sind es wirklich gesonnen?

Theophan. Und zwar je eher, je lieber.

Adrast. Sie wollen dem Lisidor sagen, daß Sie Julianen
nicht lieben?

Theophan. Was sonst?

Adrast. Daß Sie eine andere Person lieben?

Theophan. Vor allen Dingen; um ihm durchaus keine
Ursache zu geben, Julianen die rückgängige Verbindung
zur Last zu legen.

Adrast. Wollten Sie wohl alles dieses gleich jetzo tun?

Theophan. Gleich jetzo? –

Adrast *(beiseite).* Nun habe ich ihn! – Ja, gleich jetzo.

Theophan. Wollten Sie aber auch wohl eben diesen
Schritt tun? Wollten auch Sie dem Lisidor wohl sagen,
daß Sie Henrietten nicht liebten?

Adrast. Ich brenne vor Verlangen.

Theophan. Und daß Sie Julianen liebten?

Adrast. Zweifeln Sie?

Theophan. Nun wohl! so kommen Sie.

Adrast *(beiseite).* Er will? –

Theophan. Nur geschwind!

Adrast. Überlegen Sie es recht.

Theophan. Und was soll ich denn noch überlegen?

Adrast. Noch ist es Zeit. – –

Theophan. Sie halten sich selbst auf. Nur fort! – *(Indem
er vorangehen will.)* Sie bleiben zurück? Sie stehen in
Gedanken? Sie sehen mich mit einem Auge an, das Erstaunen verrät? Was soll das? –

Adrast *(nach einer kleinen Pause).* Theophan! – –

Theophan. Nun? – – Bin ich nicht bereit?

Adrast *(gerührt).* Theophan! – – Sie sind doch wohl ein
ehrlicher Mann.

---

rückgängige: aufgehobene.

Theophan. Wie kommen Sie jetzt darauf?

Adrast. Wie ich jetzt darauf komme? Kann ich einen stärkern Beweis verlangen, daß Ihnen mein Glück nicht gleichgültig ist?

Theophan. Sie erkennen dieses sehr spät – aber Sie erkennen es doch noch. – – Liebster Adrast, ich muß Sie umarmen. – –

Adrast. Ich schäme mich – – lassen Sie mich allein; ich will Ihnen bald folgen. – –

Theophan. Ich werde Sie nicht allein lassen. – Ist es möglich, daß ich Ihren Abscheu gegen mich überwunden habe? Daß ich ihn durch eine Aufopferung überwunden habe, die mir so wenig kostet? Ach! Adrast, Sie wissen noch nicht, wie eigennützig ich dabei bin; ich werde vielleicht alle Ihre Hochachtung dadurch wieder verlieren: – – Ich liebe Henrietten.

Adrast. Sie lieben Henrietten? Himmel! so können wir ja hier noch beide glücklich sein. Warum haben wir uns nicht eher erklären müssen? O Theophan! Theophan! ich würde Ihre ganze Aufführung mit einem andern Auge angesehen haben. Sie würden der Bitterkeit meines Verdachts, meiner Vorwürfe nicht ausgesetzt gewesen sein.

Theophan. Keine Entschuldigungen, Adrast! Vorurteile und eine unglückliche Liebe sind zwei Stücke, deren eines schon hinreichet, einen Mann zu etwas ganz anderm zu machen, als er ist. – – Aber was verweilen wir hier länger?

Adrast. Ja, Theophan, nun lassen Sie uns eilen. – – Aber wenn uns Lisidor zuwider wäre? – – Wenn Juliane einen andern liebte? – –

Theophan. Fassen Sie Mut. Hier kömmt Lisidor.

---

wenn uns Lisidor zuwider wäre: wenn Lisidor gegen uns ist.

Vierter Auftritt

Lisidor. Theophan. Adrast.

Lisidor. Ihr seid mir feine Leute! Soll ich denn beständig mit dem fremden Vetter allein sein?

Theophan. Wir waren gleich im Begriff zu Ihnen zu kommen.

Lisidor. Was habt ihr nun wieder zusammen gemacht? gestritten? Glaubt mir doch nur, aus dem Streiten kömmt nichts heraus. Ihr habt alle beide, alle beide habt ihr recht. – – Zum Exempel: *(zum Theophan)* Der spricht, die Vernunft ist schwach; und der *(zum Adrast)* spricht, die Vernunft ist stark. Jener beweiset mit starken Gründen, daß die Vernunft schwach ist; und dieser mit schwachen Gründen, daß sie stark ist. Kömmt das nun nicht auf eins heraus? schwach und stark, oder, stark und schwach: was ist denn da für ein Unterschied?

Theophan. Erlauben Sie, wir haben jetzt weder von der Stärke, noch von der Schwäche der Vernunft gesprochen – –

Lisidor. Nun! so war es von etwas anderm, das ebensowenig zu bedeuten hat. – Von der Freiheit etwa: Ob ein hungriger Esel, der zwischen zwei Bündeln Heu steht, die einander vollkommen gleich sind, das Vermögen hat, von dem ersten von dem besten zu fressen, oder, ob der Esel so ein Esel sein muß, daß er lieber verhungert? – –

Adrast. Auch daran ist nicht gedacht worden. Wir beschäftigten uns mit einer Sache, bei der das Vornehmste nunmehr auf Sie ankömmt.

Lisidor. Auf mich?

Theophan. Auf Sie, der Sie unser ganzes Glück in Händen haben.

Lisidor. Oh! ihr werdet mir einen Gefallen tun, wenn ihr es so geschwind, als möglich, in eure eignen Hände nehmt. – Ihr meint doch wohl das Glück in Fischbeinrök-

Fischbeinröcken: durch Fischbeinstäbe erweiterte und ausgesteifte Röcke, Reifröcke.

ken? Schon lange habe ich es selber nicht mehr gern behalten wollen. Denn der Mensch ist ein Mensch, und eine Jungfer eine Jungfer; und Glück und Glas wie bald bricht das!

Theophan. Wir werden zeitlebens nicht dankbar genug sein können, daß Sie uns einer so nahen Verbindung gewürdiget haben. Allein es stößt sich noch an eine sehr große Schwierigkeit.

Lisidor. Was?

Adrast. An eine Schwierigkeit, die unmöglich vorauszusehen war.

Lisidor. Nu?

Theophan und Adrast. Wir müssen Ihnen gestehen – –

Lisidor. Alle beide zugleich? Was wird das sein? Ich muß euch ordentlich vernehmen. – – Was gestehen Sie, Theophan? – –

Theophan. Ich muß Ihnen gestehen, – daß ich Julianen nicht liebe.

Lisidor. Nicht liebe? habe ich recht gehört? – Und was ist denn Ihr Geständnis, Adrast? – –

Adrast. Ich muß Ihnen gestehen, – – daß ich Henrietten nicht liebe.

Lisidor. Nicht liebe? – Sie nicht lieben, und Sie nicht lieben; das kann unmöglich sein! Ihr Streitköpfe, die ihr noch nie einig gewesen seid, solltet jetzo zum ersten Male einig sein, da es darauf ankömmt, mir den Stuhl vor die Türe zu setzen? – – Ach! ihr scherzt, nun merke ich's erst.

Adrast. Wir? scherzen?

Lisidor. Oder ihr müßt nicht klug im Kopfe sein. Ihr meine Töchter nicht lieben? die Mädel weinen sich die Augen aus dem Kopfe. – – Aber warum denn nicht? wenn ich fragen darf. Was fehlt denn Julianen, daß Sie sie nicht lieben können?

Theophan. Ihnen die Wahrheit zu gestehen, ich glaube, daß ihr Herz selbst für einen andern eingenommen ist.

A d r a s t. Und eben dieses vermute ich mit Grunde auch von
　　Henrietten.

L i s i d o r. Ho! ho! dahinter muß ich kommen. − − Lisette!
　　he! Lisette! − − Ihr seid also wohl gar eifersüchtig, und
　　wollt nur drohen?

T h e o p h a n. Drohen? da wir Ihrer Güte jetzt am nötigsten
　　haben?

L i s i d o r. He da! Lisette!

Fünfter Auftritt

Lisette. Lisidor. Theophan. Adrast.

L i s e t t e. Hier bin ich ja schon! Was gibt's?

L i s i d o r. Sage, sie sollen gleich herkommen.

L i s e t t e. Wer denn?

L i s i d o r. Beide! hörst du nicht?

L i s e t t e. Meine Jungfern?

L i s i d o r. Fragst du noch?

L i s e t t e. Gleich will ich sie holen. *(Indem sie wieder
　　umkehrt.)* Kann ich ihnen nicht voraus sagen, was sie hier
　　sollen?

L i s i d o r. Nein!

L i s e t t e *(geht und kömmt wieder)*. Wenn sie mich nun aber
　　fragen?

L i s i d o r. Wirst du gehen?

L i s e t t e. Ich geh. − − *(Kömmt wieder.)* Es ist wohl etwas
　　Wichtiges?

L i s i d o r. Ich glaube, du Maulaffe, willst es eher wissen, als
　　sie?

L i s e t t e. Nur sachte! ich bin so neugierig nicht.

Sechster Auftritt

Lisidor. Theophan. Adrast.

L i s i d o r. Ihr habt mich auf einmal ganz verwirrt gemacht. Doch nur Geduld, ich will das Ding schon wieder in seine Wege bringen. Das wäre mir gelegen, wenn ich mir ein Paar andere Schwiegersöhne suchen müßte! Ihr waret mir gleich so recht, und so ein Paar bekomme ich nicht wieder zusammen, wenn ich mir sie auch bestellen ließe.

A d r a s t. Sie sich andre Schwiegersöhne suchen? – – Was für ein Unglück drohen Sie uns?

L i s i d o r. Ihr wollt doch wohl nicht die Mädel heiraten, ohne sie zu lieben? Da bin ich auch euer Diener.

T h e o p h a n. Ohne sie zu lieben?

A d r a s t. Wer sagt das?

L i s i d o r. Was habt ihr denn sonst gesagt?

A d r a s t. Ich bete Julianen an.

L i s i d o r. Julianen?

T h e o p h a n. Ich liebe Henrietten mehr, als mich selbst.

L i s i d o r. Henrietten? – Uph! Wird mir doch auf einmal ganz wieder leichte. – Ist das der Knoten? Also ist es weiter nichts, als daß sich einer in des andern seine Liebste verliebt hat? Also wäre der ganze Plunder mit einem Tausche gutzumachen?

T h e o p h a n. Wie gütig sind Sie, Lisidor!

A d r a s t. Sie erlauben uns also – –

L i s i d o r. Was will ich tun? Es ist doch immer besser, ihr tauscht vor der Hochzeit, als daß ihr nach der Hochzeit tauscht. Wenn es meine Töchter zufrieden sind, ich bin es zufrieden.

A d r a s t. Wir schmeicheln uns, daß sie es sein werden. – – Aber bei der Liebe, Lisidor, die Sie gegen uns zeigen, kann ich unmöglich anders, ich muß Ihnen noch ein Geständnis tun.

L i s i d o r. Noch eins?

A d r a s t. Ich würde nicht rechtschaffen handeln, wenn ich Ihnen meine Umstände verhehlte.

Lisidor. Was für Umstände?

Adrast. Mein Vermögen ist so geschmolzen, daß ich, wenn ich alle meine Schulden bezahle, nichts übrig behalte.

Lisidor. Oh! schweig doch davon. Habe ich schon nach deinem Vermögen gefragt? Ich weiß so wohl, daß du ein lockrer Zeisig gewesen bist, und alles durchgebracht hast; aber eben deswegen will ich dir eine Tochter geben, damit du doch wieder etwas hast. – – Nur stille! da sind sie; laßt mich machen.

Siebenter Auftritt

Juliane. Henriette. Lisette. Lisidor. Theophan. Adrast.

Lisette. Hier bringe ich sie, Herr Lisidor. Wir sind höchst begierig, zu wissen, was Sie zu befehlen haben.

Lisidor. Seht freundlich aus, Mädchens! ich will euch etwas Fröhliches melden: Morgen soll's richtig werden. Macht euch gefaßt!

Lisette. Was soll richtig werden?

Lisidor. Für dich wird nichts mit richtig. – Lustig, Mädchens! Hochzeit! Hochzeit! – Nu? Ihr seht ja so barmherzig aus? Was fehlt dir, Juliane?

Juliane. Sie sollen mich allezeit gehorsam finden; aber nur diesesmal muß ich Ihnen vorstellen, daß Sie mich übereilen würden. – – Himmel! morgen?

Lisidor. Und du, Henriette?

Henriette. Ich, lieber Herr Vater? ich werde morgen krank sein, todsterbenskrank!

Lisidor. Verschieb es immer bis übermorgen.

Henriette. Es kann nicht sein. Adrast weiß meine Ursachen.

Adrast. Ich weiß, schönste Henriette, daß Sie mich hassen.

Theophan. Und sie, liebste Juliane, Sie wollen gehorsam

sein? – – Wie nahe scheine ich meinem Glücke zu sein,
und wie weit bin ich vielleicht noch davon entfernt! – Mit
was für einem Gesichte soll ich es Ihnen sagen, daß ich der
Ehre Ihrer Hand unwert bin? daß ich mir bei aller der
Hochachtung, die ich für eine so vollkommene Person
hegen muß, doch nicht getraue, dasjenige für Sie zu
empfinden, was ich nur für eine einzige Person in der
Welt empfinden will.

Lisette. Das ist ja wohl gar ein Korb? Es ist nicht erlaubt,
daß auch Mannspersonen welche austeilen wollen. Hurtig
also, Julianchen, mit der Sprache heraus!

Theophan. Nur ein eitles Frauenzimmer könnte meine
Erklärung beleidigen; und ich weiß, daß Juliane über
solche Schwachheiten so weit erhaben ist, – –

Juliane. Ach Theophan! ich höre es schon: Sie haben zu
scharfe Blicke in mein Herz getan. – –

Adrast. Sie sind nun frei, schönste Juliane. Ich habe Ihnen
kein Bekenntnis weiter abzulegen, als das, welches ich
Ihnen bereits abgelegt habe. – – Was soll ich hoffen?

Juliane. Liebster Vater! – Adrast! – Theophan! – Schwester! – –

Lisette. Nun merke ich alles. Geschwind muß das die
Großmama erfahren. *(Lisette läuft ab.)*

Lisidor *(zu Julianen).* Siehst du, Mädchen, was du für
Zeug angefangen hast?

Theophan. Aber Sie, liebste Henriette, was meinen Sie
hierzu? Ist Adrast nicht ein ungetreuer Liebhaber? Ach!
wenn Sie Ihre Augen auf einen getreuern werfen wollten!
Wir sprachen vorhin von Rache, von einer unschuldigen
Rache – –

Henriette. Top! Theophan: ich räche mich.

Lisidor. Fein bedächtig, Henriette! Hast du schon die
Krankheit auf morgen vergessen?

Henriette. Gut! Ich lasse mich verleugnen, wenn sie
kömmt.

Lisidor. Seid ihr aber nicht wunderliches Volk! Ich wollte
jedem zu seinem Rocke egales Futter geben, aber ich sehe

wohl, euer Geschmack ist bunt. Der Fromme sollte die
Fromme, und der Lustige die Lustige haben: Nichts! der
Fromme will die Lustige, und der Lustige die Fromme.

Achter Auftritt

Frau Philane mit Lisetten und die Vorigen.

Frau Philane. Kinder, was höre ich? Ist es möglich?

Lisidor. Ja, Mama; ich glaube, Sie werden nicht dawider
sein. Sie wollen nun einmal so – –

Frau Philane. Ich sollte dawider sein? Diese Veränderung
ist mein Wunsch, mein Gebet gewesen. Ach! Adrast, ach!
Henriette, für euch habe ich oft gezittert! Ihr würdet ein
unglückliches Paar geworden sein! Ihr braucht beide einen
Gefährten, der den Weg besser kennet, als ihr. Theophan,
Sie haben längst meinen Segen; aber wollen Sie mehr als
diesen, wollen Sie auch den Segen des Himmels haben, so
ziehen Sie eine Person aus Henrietten, die Ihrer wert ist.
Und Sie, Adrast, ich habe Sie wohl sonst für einen bösen
Mann gehalten; doch getrost! wer eine fromme Person
lieben kann, muß selbst schon halb fromm sein. Ich
verlasse mich seinetwegen auf dich, Julchen. – – Vor allen
Dingen bringe ihm bei, wackern Leuten, rechtschaffnen
Geistlichen, nicht so verächtlich zu begegnen, als er dem
Theophan begegnet. – –

Adrast. Ach! Madame, erinnern Sie mich an mein Unrecht
nicht. Himmel! wenn ich mich überall so irre, als ich mich
bei Ihnen, Theophan, geirret habe: was für ein Mensch,
was für ein abscheulicher Mensch bin ich! – –

Lisidor. Habe ich's nicht gesagt, daß ihr die besten
Freunde werden müßt, sobald als ihr Schwäger seid? Das
ist nur der Anfang!

Theophan. Ich wiederhole es, Adrast: Sie sind besser, als
Sie glauben; besser, als Sie zeither haben scheinen
wollen.

Frau Philane. Nun! auch das ist mir ein Trost zu hören.
– – *(Zum Lisidor.)* Komm, mein Sohn, führe mich. Das
Stehen wird mir zu sauer, und vor Freuden habe ich es
ganz vergessen, daß ich Araspen allein gelassen.

Lisidor. Ja, wahrhaftig! da gibt's was zu erzählen! Kommen Sie, Mama. – – Aber keinen Tausch weiter! keinen
Tausch weiter!

Lisette. Wie übel ist unsereines dran, das nichts zu tau-
schen hat!

(Ende des Freigeists.)

Literaturhinweise

Ausgaben

Gotthold Ephraim Lessing: Der Freygeist. Ein Lustspiel in fünf Akten. [1749.] In: G. E. L.: Schrifften in sechs Teilen. Tl. 5. Berlin: Voß, 1755.

Gotthold Ephraim Lessing: Werke. Hrsg. von Herbert G. Göpfert in Zsarb. mit Karl Eibl, Helmut Göbel, Karl S. Guthke [u. a.]. 8 Bde. München: Hanser, 1970–78. [*Freigeist* in Bd. 1 und 2 (Erläuterungen).]

Gotthold Ephraim Lessing: Werke und Briefe in zwölf Bänden. Hrsg. von Wilfried Barner in Zsarb. mit Klaus Bohnen, Gunter E. Grimm, Helmuth Kiesel [u. a.]. Bd. 1 ff. Frankfurt a. M.: Deutscher Klassiker Verlag, 1985 ff. [*Freigeist* in Bd. 1, hrsg. von Jürgen Stenzel, 1989.]

Forschungsliteratur

Barner, Wilfried / Grimm, Gunter E. / Kiesel, Helmuth / Kramer, Martin: Lessing. Epoche – Werk – Wirkung. 5., neu bearb. Aufl. München 1987.

Böckmann, Paul: Das Formprinzip des Witzes in der Frühzeit der deutschen Aufklärung. In: Jahrbuch des Freien Deutschen Hochstifts 1932–33. S. 52–130. – Wiederabgedr. in: P. B.: Formgeschichte der deutschen Dichtung. Bd. 1. Hamburg 1949. ²1967. Kap. 5.

Brüggemann, Diethelm: Die sächsische Komödie. Studien zum Sprachstil. Köln 1970.

Cases, Cesare: Über Lessings *Freigeist*. In: C. C.: Stichworte zur deutschen Literatur. Kritische Notizen. Wien / Frankfurt a. M. / Zürich 1969. S. 89–108.

Fricke, Gerhard: Bemerkungen zu Lessings *Freigeist* und *Miß Sara Sampson*. In: Festschrift für Josef Quint. Bonn 1964. S. 83–96.

Göbel, Helmut: Bild und Sprache bei Lessing. München 1971. S. 59–78.

Hinck, Walter: Das deutsche Lustspiel des 17. und 18. Jahrhunderts und die italienische Komödie. Commedia dell'arte und Théâtre italien. Stuttgart 1965.

Lappert, Hans-Ulrich: Lessings Jugendlustspiele und die Komödientheorie der frühen Aufklärung. Diss. Zürich 1968.

Liepe, Else: Der Freigeist in der deutschen Literatur des 18. Jahrhunderts. Kiel 1930.

Mahrenholtz, Richard: Lessings Jugenddichtungen in ihrer Beziehung zu Molière. In: Archiv für Litteraturgeschichte 10 (1891) S. 35–38.

Neuhaus-Koch, Ariane: G. E. Lessing. Die Sozialstrukturen in seinen Dramen. Bonn 1977.

Pütz, Peter: Die Leistung der Form. Lessings Dramen. Frankfurt a. M. 1986.

Schaer, Wolfgang: Die Gesellschaft im deutschen bürgerlichen Drama des 18. Jahrhunderts. Grundlagen und Bedrohung im Spiegel der dramatischen Literatur. Bonn 1963.

Schulz, Ursula: Lessing auf der Bühne. Chronik der Theateraufführungen 1748–89. Bremen/Wolfenbüttel 1977.

Steinmetz, Horst: Die Komödie der Aufklärung. Stuttgart ³1978. (Sammlung Metzler. 47.)

Stellmacher, Wolfgang: Lessings frühe Komödien im Schnittpunkt europäischer Traditionen des Lustspiels. In: Parallelen und Kontraste. Studien zu literarischen Wechselbeziehungen in Europa zwischen 1750 und 1850. Hrsg. von H.-D. Dahnke. Berlin/Weimar 1983. S. 39–72.

Übersicht über die Lustspiel-Produktion der Aufklärung von der Gottschedin bis zu Lessing

1736   Luise Adelgunde Viktorie Gottsched: Die Pietisterey im Fischbein-Rocke; Oder die Doctormäßige Frau. In einem Lust-Spiele vorgestellet.

1742   Hinrich Borkenstein: Bookesbeutel, ein Lustspiel von drei Aufzügen.

1743   Johann Elias Schlegel: Der geschäfftige Müßiggänger, ein Lustspiel.

Johann Christian Krüger: Die Geistlichen auf dem Lande. Ein Lustspiel in drey Handlungen.

Luise Adelgunde Viktorie Gottsched: Die ungleiche Heirath, ein deutsches Lustspiel in fünf Aufzügen.

Johann Theodor Quistorp: Die Austern. Ein Nachspiel.

1744   Luise Adelgunde Viktorie Gottsched: Die Hausfranzösinn, oder die Mammsell.

Johann Theodor Quistorp: Der Bock im Prozesse, ein Lustspiel von fünf Aufzügen.

1745   Christlob Mylius: Die Aerzte, ein Lustspiel in fünf Aufzügen.

Luise Adelgunde Viktorie Gottsched: Das Testament, ein deutsches Lustspiel in fünf Aufzügen.

Luise Adelgunde Viktorie Gottsched: Der Witzling, ein deutsches Nachspiel in einem Aufzuge.

Johann Theodor Quistorp: Der Hypochondrist. Ein deutsches Lustspiel in fünf Aufzügen.

Adam Gottfried Uhlich: Der faule Bauer, ein Nachspiel.

Adam Gottfried Uhlich: Der Unempfindliche, ein Lustspiel in fünf Aufzügen.

Christian Fürchtegott Gellert: Die Betschwester. Ein Lustspiel in drei Aufzügen.

1746   Hinrich Borkenstein: Der Bockesbeutel auf dem Lande, oder: Der Adeliche Knicker. Ein Lustspiel.

Christlob Mylius: Der Unerträgliche, ein Lustspiel in fünf Aufzügen.

Adam Gottfried Uhlich: Der plauderhafte Schäfer, ein Lustspiel von einem Aufzuge.

Christian Fürchtegott Gellert: Das Loos in der Lotterie. Ein Lustspiel in fünf Aufzügen.

Adam Gottfried Uhlich: Der Mohr, ein Lustspiel von einem Aufzuge.

1747   Johann Elias Schlegel: Der Geheimnisvolle, ein Lustspiel.

Johann Elias Schlegel: Die stumme Schönheit. Ein Lustspiel in einem Aufzuge.

Christian Fürchtegott Gellert: Die zärtlichen Schwestern. Ein Lustspiel von drei Aufzügen.

Gottlieb Fuchs: Die Klägliche, ein Lustspiel in fünf Aufzügen.

Gotthold Ephraim Lessing: Damon, oder die wahre Freundschaft. Ein Lustspiel in einem Aufzuge.

1748   Gotthold Ephraim Lessing: Der junge Gelehrte. Ein Lustspiel in drey Aufzügen. Auf dem Neuberschen Schauplatze in Leipzig, im Jenner 1748, zum erstenmal aufgeführt.

Johann Elias Schlegel: Der Triumph der guten Frauen. Ein Lustspiel in fünf Aufzügen.

Johann Christian Krüger: Die Candidaten oder, die Mittel zu einem Amte zu gelangen. Ein Lustspiel in fünf Handlungen.

Johann Christian Krüger: Der Teufel ein Bärenhäuter. Ein Lustspiel von einer Handlung.

Gotthold Ephraim Lessing: Der Misogyne. Ein Lustspiel in einem Aufzuge. Verfertiget im Jahre 1748.

1749   Gotthold Ephraim Lessing: Die alte Jungfer. Ein Lustspiel in drey Aufzügen.

Gotthold Ephraim Lessing: Der Freygeist. Ein Lustspiel in fünf Aufzügen. Verfertiget im Jahre 1749.

Gotthold Ephraim Lessing: Die Juden. Ein Lustspiel in einem Aufzuge. Verfertiget im Jahre 1749.

1750   Gotthold Ephraim Lessing: Der Schatz. Ein Lustspiel in einem Aufzuge. Verfertiget im Jahre 1750.

1751   Johann Christian Krüger: Der blinde Ehemann. Ein Lustspiel in drey Handlungen.

Johann Christian Krüger: Herzog Michel. Ein Lustspiel von einer Handlung.

Christian Felix Weiße: Die Poeten nach der Mode, ein Lustspiel in drey Aufzügen.

1760   Johann Friedrich von Cronegk: Der Misstrauische. Ein Lustspiel in fünf Aufzügen.

1761   Christian Felix Weiße: Ehrlich währt am längsten, oder der Mißtrauische gegen sich selbst.

1763 Gotthold Ephraim Lessing: Minna von Barnhelm oder das
      Soldatenglück. Ein Lustspiel in fünf Aufzügen. Verfertiget
      im Jahre 1763. [Gedr. 1767.]

Nachwort

I

Gotthold Ephraim Lessings (1729–81) Komödienproduktion stand in ihren Anfängen unter keinem guten Stern. Der Pastorensohn, ausersehen, in die Fußtapfen seines Vaters zu treten, begab sich mit der Komödie in ein Milieu, das intellektuell wie sozial zu seiner Zeit gleichermaßen belastet war. Wenn auch Gottsched dazu beigetragen hatte, das Lustspiel durch seine strikte Verbindung mit dem geltenden Moralkodex gesellschaftlich aufzuwerten, so wirkte doch die ›Ständeklausel‹, die von ihren Voraussetzungen einer sozialen Hierarchie die Komödie dem ›Pöbel‹ zuwies, entschieden nach und bestimmte die gesellschaftlichen wie ästhetischen Erwartungen gegenüber solchen Werken. Sich überdies – wie es Lessing mit der berühmten Schauspieltruppe der Neuberin tat – mit dem Komödiantenmilieu persönlich zu verbinden konnte aus der Sicht sozialer Reputation nur als gesellschaftliche Deklassierung gewertet werden.

Für Lessing allerdings – und das ist in seiner Zeit neu – gewinnt die Komödie eine Selbstverständnisfunktion. Was sich nach außen hin als bloßer Vergnügungsapparat präsentiert – mit aller Schematik und auch Grobschlächtigkeit –, wird ihm zum Medium einer Orientierung über das, was ›Leben‹ für ihn bedeutet. In seinem Rechtfertigungsschreiben an seine Mutter vom 20. Januar 1749 stellt er seine Abkehr von den »Büchern« und sein Bemühen, »zu einem Menschen« zu werden, in einen Zusammenhang zur Komödie. Sie habe in ihm einen Lernprozeß ausgelöst: »Ich lernte wahre und falsche Tugenden daraus kennen und die Laster ebenso sehr wegen ihrer Lächerlichkeit als wegen ihrer Schändlichkeit fliehen [...]. Ich lernte mich selbst kennen, und seit der Zeit habe ich gewiß über niemanden mehr gelacht und gespottet als über mich selbst.« Und wie Lachen für den jungen Lessing mehr als bloßes Vergnügen ist, sondern zu einem moralischen Stimulans zu werden vermag, so erscheint die Komödie von vornherein in einen Lebensernst gestellt, der dem ästhetischen Kanon der Gattung durchaus noch fremd ist. Was sich hier anbahnt, ist die Rechtfertigung der Komödie als ästhetisch und sozial gleichgeordnete Gattung neben der Tragödie.

Kennzeichnend für Lessing allerdings ist, daß dieses Aufbrechen der eingefahrenen Wege des Komödiantenbetriebs sich nicht als ein neues Formangebot präsentiert. Der Neuansatz liegt in einem Themenkomplex, der im komödiantischen Spiel selbst eine Problemstellung entwickelt, die das auf den Transport anderer Inhalte hin angelegte Vermittlungsschema zu einer unangemessenen Form herabsinken läßt. Wenn Lessing in seinem ersten Stück, dem *Jungen Gelehrten* (1748), den Ernst trotz der verdächtigen Selbstzitate, die seine eigene Vergangenheit als solch ein junger Gelehrter ansprechen, in brillanter Dialogtechnik überspielt – auch wenn das Vertreiben des Damis aus dem Vaterland doch zu deutlich an die Bitterkeit erinnert, mit der Lessing seiner Mutter gegenüber von der erzwungenen »Wanderschaft« spricht, auf der er zum mindesten lerne, sich »in die Welt [zu] schicken« (20. 1. 1749) –, so greift er mit den *Juden* (1749) einen Problemkreis auf, der für die Zeit wie für ihn – bis zu den Pogromen in *Nathan der Weise* – von bedrückender Brisanz war. Diese Diskrepanz von Form und Thema war Lessing auch bei seinem *Freigeist* als Ausgangsproblem bewußt. Zugleich schwebte ihm als Ziel vor, die beiden scheinbar unverträglichsten Positionen, die Komödie und die Religion, miteinander zu versöhnen. Jedenfalls legt er in seinem bekannten Brief an den Vater vom 28. April 1749 eine Art Legitimation seines *Freigeists* vor, wenn er schreibt: »Den Beweis, warum ein Komödienschreiber kein guter Christ sein könne, kann ich nicht ergründen. Ein Komödienschreiber ist ein Mensch, der die Laster auf ihrer lächerlichen Seite schildert. Darf denn ein Christ über die Laster nicht lachen? Verdienen die Laster so viel Hochachtung?

Und wenn ich Ihnen nun gar verspräche, eine Komödie zu machen, die nicht nur die Herren Theologen lesen, sondern auch loben sollen? Halten Sie mein Versprechen vor unmöglich? Wie, wenn ich eine auf die Freigeister und auf die Verächter Ihres Standes machte?«

Dies aber mußte voraussetzen, das standardisierte Schema der Typenkomödie zu unterlaufen, wenn es schon nicht aufzuheben war. Deren Grundgedanke war eine Art der Wahrheitszuweisung, die – über jeden Zweifel erhaben – Normen dekretierte und so gegebene Ordnungsvorstellungen stabilisierte. Durchführbar wurde das durch die poetische Präsentation einer Leitfigur, die mit allen Zeichen einer Verfehlung behaftet war und deren Haltung im Spielgeschehen des Dramas dementiert wird. Variationen ergeben sich durch die ästhetische Methode des Dementis, und entsprechend werden unterschiedliche Affekte beim Rezipienten mobilisiert. Über eines jedoch besteht Einhelligkeit: der mehr oder weniger große Umfang an ›Scharfsinn‹ oder ›Witz‹, die dem Publikum abverlangt werden, dient allein dazu, die hinter der poetischen Verschleierung verborgene Wahrheitsnorm aufzudecken und als allgemeinen Grundsatz zu behaupten. Und wie der Rezipient keine individualpsychologischen Komplikationen erwartet, die seine Wahrheitsgewißheit beunruhigen könnten, so erscheint das Verhältnis von ›Tugend‹ und ›Laster‹ als überschaubares Tableau, das ein logisch operierender Verstand abgesteckt hat und dem die Poesie nur eine geistreiche Ornamentik hinzuzufügen vermag. Die Loslösung von der offenbarungsgebundenen Barocktradition führt zunächst zu einer logisch assoziierenden ›Witz‹-Poesie, deren verstandesgemäßem Allgemeinheitspostulat ein ästhetisch ent-individualisiertes Verfahren entspricht, das weder Originalität kennt noch stoffliche Plagiate scheut.

Auch dies gilt für Lessing. Die ›Idee‹ zum *Freigeist* stammt aus *Les Caprices du Cœur et de l'Esprit, in drey Aufzügen von dem Hrn. de Lisle; zum erstenmale aufgeführt den 25 Junius 1739* – wie uns Lessing im 4. Teil seiner *Theatrali-*

schen Bibliothek von 1758 mitteilt. Dort referiert er den Handlungsfaden einer ›Liebe über Kreuz‹, in der gerade die scheinbar entgegengesetzten Charaktere voneinander angezogen werden und sich miteinander verbinden. Dem Abschluß seines Berichts fügt Lessing eine Anmerkung bei, in der es heißt: »Die Fabel dieses Stückes hat mit der Fabel meines Freygeistes so viel Gleichheit, daß es mir die Leser schwerlich glauben werden, daß ich den gegenwärtigen Auszug nicht dabey sollte genutzt haben. Ich will mich also ganz in der Stille verwundern, in der Hofnung, daß sie mir wenigstens, eine fremde Erfindung auf eine eigene Art genutzt zu haben, zugestehen werden.« Damit ist auch der Rahmen einer Analyse abgesteckt: sie wird sich im Zwischenfeld dessen zu bewegen haben, was Lessing eine »fremde Erfindung« und was er eine »eigene Art« nennt. Im Bewußtsein der damit gegebenen Ambivalenz in der Struktur wäre danach zu fragen, wo die »eigene Art« im *Freigeist* aufzusuchen ist.

II

Der Aufbau des Stückes folgt einer für Lessing kennzeichnenden Methode. Ihr Prinzip liegt in einer Konfrontation zweier Handlungskreise, die als Problemzusammenhang einander bespiegeln und sich so gegenseitig erläutern. Das von de Lisle übernommene, komödiantisch verschlungene Handlungsschema im Argumentationsfeld einer Verbindung von ›esprit‹ und ›cœur‹, das dem Freigeist das fromme und dem Frommen das witzige Mädchen zuweist, wird eingebaut in einen Bezugsrahmen, der mit dem Verhältnis von Adrast und Theophan die Frage der Freundschaft überdenkt und so die Möglichkeit von Kommunikation durchspielt. Die beiden Handlungskreise verhalten sich wie bildliche Anschauung und begriffliche Explikation zueinander: in der Liebesgeschichte enthüllt sich das nach den Gesetzen natürlicher Attraktivität, worum in der Freundschaftsfrage verzweifelt-vernünftig gerungen wird. Liebe und Freundschaft, ein Problem, das gleich am Anfang in ein bedeutendes theologisches Licht gerückt wird, erscheinen als Reflektoren, durch die in der Frage nach der Möglichkeit von Kommunikation die Orientierungsinstanzen von ›Vernunft‹ und ›Natur‹ in ihrem Verhältnis zueinander erläutert werden. Auf ein Schema übertragen, heißt dies, daß in die Spielebene der Liebesverbindung, die rein handlungsmäßig den überwiegenden Teil des Stückes ausmacht, mit der Szenenfolge I,1 – III,5 – IV,7 – V,3 eine Reflexionsebene eingelagert wird, die dem Werk seine ›eigene Art‹ gibt. Mittelpunkt und Verbindungsglied zwischen den unterschiedlichen Szenenketten stellt schließlich IV,3 dar, wo der Freigeist nicht nur den Grund seiner Kommunikationsunfähigkeit enthüllt, sondern zugleich in seinem Liebesbekenntnis solch eine Kommunikation als ›natürliche‹ Verbindung zu Juliane herstellt. Von hier aus wird der gedankliche Kern des Dramas faßbar.

Die erste Szene entwirft die Problemlage. Mit erheblichem Aufwand an sich steigernden Belegen sucht Lessing in einem Dialog zwischen Adrast und Theophan, der alle Zeichen des Mißlingens zeigt, die Trennung zweier Welten zu verdeutlichen, wie sie auch für den Rezipienten als Kennzeichen der Wirklichkeit offen zutage lag. Zwischen dem Freigeist und dem Theologen scheinen alle Bindungen von vornherein zerrissen: »meine Art zu denken, und die Ihrige« – wie Adrast feststellt, »sie schließen einander aus. Ob die Trennung deshalb, weil sie wirklich ist, allerdings auch gut ist, wird zu fragen sein. Eine Antwort muß von einem Experiment zu erwarten sein, das der dramatische Vorgang durchführt: es ist die Frage nach dem Bestand dieses Gegensatzes, wenn die konträren Haltungen durch das soziale Band einer Familie zusammengezwungen werden; denn beide warten – wie Theophan in der Eingangsszene formuliert – »auf einerlei Glück« in derselben Familie und sind daher »eingeladen«, sich zu »lieben« und eine »Freundschaft« unter sich zu »stiften«, »wie sie unter Brüdern sein sollte«. Diese Verpflichtung, zu »Brüdern« zu werden, steht als Auftrag über dem Stück. Ausgangspunkt für Adrast und Theophan ist die Entzweiung; was als ›Norm‹ von ihnen gefordert ist, hat noch keinen Grund in ihrer ›Natur‹. Zielpunkt der poetischen Argumentation ist – schon im Vorgriff auf *Nathan der Weise* – die Aufhebung dieser Entzweiung.

Adrast und Theophan präsentieren sich zunächst als die typischen ›feindlichen Brüder‹. Ihre Gegensätzlichkeit findet ihren Grund in einer beiderseitig fehlenden Bereitschaft, den anderen über die geläufigen Einordnungsschemata hinaus in seiner individuellen Eigenart zu verstehen. Aufgefordert zur »Aufrichtigkeit«, gelangt auch Theophan nur zu Bestimmungen, die Adrast als »Lobsprüche« erscheinen, »welche meinem Herzen auf Unkosten meines Verstandes gegeben werden«. Auch er wählt im Hinblick auf Adrast Benennungen wie »Freidenker, starker Geist, Deist« und bestimmt sie allein von einem sozialen Opportunismus aus: »Sie stürzen sich mit Bedacht aus Ihrer Höhe herab, bei dem Pöbel der Geister einen Ruhm zu erlangen, für den ich lieber aller Welt Schande wählen wollte« – was eben gerade (wie aus IV,3 hervorgehen wird) nicht für Adrast gilt. In der Stereotypie des Urteils verrät sich, daß selbst Theophan noch nicht vorgedrungen ist zum tatsächlichen Denkansatz einer Haltung, die auch für Lessing eine notwendige Etappe auf dem Weg einer Befreiung von ideologischen oder sozialen Bindungen war. Auch Theophan betrachtet – wie er es Adrast vorwirft (V,3) – »alles obenhin«, nur daß das »gefärbte Glas seiner vorgefaßten Meinungen« das einer sozialen Klassifikation ist.

Adrast disqualifiziert sich von vornherein durch seinen »stolzen Kaltsinn«, durch seine Apodiktik und herablassende Aggressivität, die – in den Augen Theophans – mit »seichten Spöttereien« das verhindert, was auch dem Theologen mit seiner Haltung eines »überlästigen Predigers« nicht gelingt: ein Gespräch. Adrast allerdings hält seine »vorgefaßten Meinungen« für »Begriffe, die ich von tausend Beispielen abgesondert habe«, deren »Allgemeinheit« auf angehäufter, logisch allerdings als »zufällig« einzustufender Empirie beruht. Gerade der als »Philosoph« klassifizierte Freigeist verdankt sein Wissen einer isolierten Wirklichkeitserfahrung, ohne seinen Halt in einer Vernunftoperation zu finden, die den Einzelfall im Hinblick auf seine logische Generalisierung hin überprüft. So kreist sein Wissen nur in sich selbst: »Ich weiß, was ich weiß.« So allein an seine private Erfahrung gekettet, ist Adrast einer Welt ausgeliefert, deren Widersprüche und Fehlerhaftigkeit in ihm nur »Bitterkeit« erzeugen. Das Bewußtsein, von einem »grausamen Geschick« verfolgt zu sein, ein Bewußtsein, das sich insbesondere auf den Theologenstand bezieht – »Priestern habe ich mein Unglück zu danken« (I,2) –, zieht sich leitmotivisch durch das Werk. Die auffällige Betonung dieser »Bitterkeit« macht deutlich, daß Adrast an der Welt leidet, wie später Tellheim oder Odoardo Galotti an der Welt leiden werden. Und wie diese die Welt unter die strenge Moral des Strafgerichts stellen, so hat sich auch Adrast den moralisch qualifizierenden »Argwohn« zur Lebenshaltung gemacht. Die Konsequenz ist – wie auch bei Tellheims »Halsstarrigkeit der Tugend« und Odoardos »rauher Tugend« – eine Weltflucht; und zwar im doppelten Sinne einer Flucht *vor* der Welt und einer Flucht *in* der Welt. Flucht und Unruhe, die solchen Figuren bei Lessing zugeordnet sind, erscheinen als Symptome von Isolation und Einsamkeit, die – so wirklich auch immer sie sein mögen – im Gegensatz zur »Bestimmung« des Menschen stehen.

Eine Lösung allerdings – so ist der Ausgangspunkt – scheint unmöglich. Die Isolation ist dramatisch durchgeführt als Kommunikationsunfähigkeit: was der eine in der Selbstgewißheit seines Wahrheitsbesitzes »predigt«, ist dem anderen »Geschwätze«. Die gesprächsweise entwickelten intellektuellen Positionen erweisen sich als bloße Spielmarken im Gefecht des nicht-vollzogenen Dialogs. Zusammengefaßt erscheint diese Unvereinbarkeit in einer theoretischen Explikation ihrer Differenzen in der Frage der »Freundschaft«.

Wenn für Adrast Freundschaft »jene Übereinstimmung der
Temperamente, jene angeborne Harmonie der Gemüter,
jener heimliche Zug gegeneinander, jene unsichtbare Kette,
die zwei einerlei denkende, einerlei wollende Seelen verknüpfet«, ist, wenn er also die Möglichkeit von freund-
schaftlicher Bindung auf eine ›natürliche‹ Verbindung ein-
schränkt, so ist dies gleichermaßen Provokation des
Gesprächspartners wie Signal für seine Entzweiung, sofern
der ›Vernünftige‹ im sozialen Bezug allein das ›Natürliche‹
gelten lassen will. Entsprechendes gilt für den Theologen:
vom christlichen Gebot der Liebe auf eine »natürliche«
Verbindung der Herzen hingewiesen, setzt er allein die
Vernunftbindung als Instanz, indem er für eine »edlere
Freundschaft« plädiert, »die sich nach erkannten Vollkommenheiten mitteilet; welche sich nicht von der Natur lenken
läßt, sondern welche die Natur selbst lenket«. Alle dramatischen Konflikte entwickeln sich aus dieser Antithetik von
›Natur‹ und ›Vernunft‹. Daß sie nicht antagonistisch
getrennt, sondern aufeinander hinbezogen sind, beschreibt
den Spannungsbogen des Stücks: er besteht in einem Enthül-
lungsprozeß, der in der ›Vernunft‹ des Theophan die ›Natur‹
und in der ›Natur‹ des Adrast die ›Vernunft‹ aufdeckt.
In dieser Sicht gewinnt die Dramaturgie des Stücks eine
unerwartete Konsequenz. Was als ›Natur‹ von Adrast
behauptet wird, verflacht in der Frage der Freundschaft –
bedrängt von einem Vernunftanspruch, der die ›natürliche‹
Abneigung gegenüber Theophan kaum mehr aufrechtzuer-
halten erlaubt – zum bloßen gedankenlosen Affekt, der mit
seinen Zügen von Verfolgungswahn die Figur schließlich so
erschüttert, daß die endliche Erkenntnis nahezu unumgänglich wird. Die Szenen III,5 und IV,7 weisen darin eine
Steigerung auf, die in V,2 – unmittelbar vor der Erkennungsszene – ihren Höhepunkt erreicht: »Hassen werde ich
ihn, und wenn er mir das Leben rettete«. Und Theophans
Freundschaftswerbung, die all ihr Zutrauen in die Vernunft
setzt, neigt sich immer mehr der Pragmatik ökonomischer
Hilfsbereitschaft zu, indem er nicht nur Adrasts Schulden

tilgt, sondern zusätzlich für ihn eine »Bürgschaft« bei einem Geldverleiher stellt; aber gerade diese äußerste Standfestigkeit seiner Prinzipien muß Adrast als »Verachtungen, Beleidigungen« empfinden: »alles ist umsonst; nichts will er fühlen. Was kann ihn so verhärten?« (V,2) Auf diese äußerste Verkennung spitzt das Stück sich zu: im Vertrauen auf die Allmacht der Vernunftprinzipien, die soziale Bindungen erzwingen sollen, wird Theophan gefühllos, sofern er die persönliche, auf Selbstachtung angewiesene Eigenart Adrasts nicht sieht; und im Rückzug auf sein bloßes Ressentiment, das Argumente durch Verdächtigungen ersetzt, wird Adrast geistlos, sofern er den ethisch-allgemeinen Kern dieser Vernunft bei Theophan nicht erfaßt. Auf je ihre Weise sind sie mit Blindheit geschlagen. Sie ›sehend‹ zu machen ist gleichermaßen dramaturgisch notwendig wie als Steuerung des Publikums unumgänglich.

Der Erkennungsszene V,3 kommt daher sowohl die Funktion eines Resümees der Problemlage als auch deren Lösung zu. Zu Beginn der Szene konstatieren Theophan und Adrast die Divergenz ihrer Sichtweisen, die sie für die Haltung des anderen blind machte: auf Theophans ›Ich erstaune über Ihre Geschicklichkeit, alles auf der schlimmsten Seite zu betrachten‹, repliziert Adrast: »Und wie Sie gehört haben, so bin ich über die Ihrige erstaunt, diese schlimme Seite so vortrefflich zu verbergen.« Adrast leitet das Gespräch, und wie Theophan bisher versucht hatte, bei ihm hinter dem bloßen Affekt die Vernunft zu wecken, so sucht Adrast nun, hinter dem »Unnatürlichsten« von Theophans Vernunftprinzipien den ›Menschen‹ freizulegen – und wenn es mit den Mitteln der »Beleidigungen« sein müßte: »Sind Sie nicht wenigstens ein Mensch, der Beleidigungen empfindet?« Es gelingt ihm schließlich, Theophan aus der Ruhe zu bringen und ihn »verdrießlich« zu machen: »Es ist unmöglich, mit Ihnen ein vernünftiges Wort zu sprechen. (Er will weggehen.)« Und erst dies – die Aufgabe seines disziplinierten Kalküls – bringt ihn mit Adrast auf eine gemeinsame Gesprächsebene, die Adrast für das »vernünftige Wort«

empfänglich macht: »Er wird zornig? – Warten Sie doch,
Theophan. Wissen Sie, daß die erste aufgebrachte Miene, die
ich endlich von Ihnen sehe, mich begierig macht, dieses
vernünftige Wort zu hören?« Hinter der Abstraktheit einer
Vernunfthaltung wird im »Trotz« für Adrast eine »Aufrichtigkeit« sichtbar, die ihm die Vernunft als menschlich und
damit als natürlich erscheinen läßt. Entsprechend liegt der
»Schlüssel« für das »vernünftige Wort«, das Adrast von
Theophan zu hören begierig ist, in einer Absage an die
abstrakte Vernunft, wenn es um menschliche Beziehungen
geht. In Anspielung auf die »erkannten Vollkommenheiten«
(I,1) stellt Theophan nun fest, daß die Vernunft ihn auf
Kosten des Herzens betrogen habe: »Meine Neigung hat
mich nicht weniger betrogen, als Sie die Ihrige. Ich kenne
und bewundere alle die Vollkommenheiten, die Julianen zu
einer Zierde ihres Geschlechts machen; aber – ich liebe sie
nicht.« »Hochachtung in Liebe zu verwandeln«, ist eine
Vernunftanstrengung, die »Mühe« macht und dennoch
erfolglos ist; denn: »Das Herz nimmt keine Gründe an, und
will in diesem, wie in andern Stücken, seine Unabhängigkeit
von dem Verstande behaupten. Man kann es tyrannisieren,
aber nicht zwingen.«
Auf diese Entdeckung des »vernünftigen Worts« als Gesetz
einer »natürlichen Anziehung« reagiert Adrast zunächst mit
einem am »Stilleschweigen« ablesbaren Einverständnis und
schließlich – als Theophan die Einsicht in die Tat überzufüh-
ren bereit ist – mit ›Rührung‹: »Theophan! – – Sie sind doch
wohl ein ehrlicher Mann.« Diese Einsicht, in der Adrast den
unreflektierten »Abscheu« gegenüber Theophan überwindet, bindet sie aneinander – und zwar in einer Erkenntnis,
deren Ausdruck eine Verbindung der Sprache der Vernunft
und des Herzens ist: »Sie erkennen dieses sehr spät – aber Sie
erkennen es doch noch. – – Liebster Adrast, ich muß Sie
umarmen. – –« Und auf Theophans Eingeständnis, daß er
Henriette liebt, faßt Adrast den Gang des Dramas und
dessen Komplikationen zusammen: »Warum haben wir uns
nicht eher erklären müssen? O Theophan! Theophan! ich

würde Ihre ganze Aufführung mit einem andern Auge angesehen haben. Sie würden der Bitterkeit meines Verdachts,
meiner Vorwürfe nicht ausgesetzt gewesen sein.«

Das Ausmaß der Verkennung wird nun überschaubar.
Theophans Vernunftgebaren entsprach nicht seiner Natur,
sondern war in dieser Form eine »Aufführung«, die auf ein
»Mittel« sann, »es beiden [Adrast und Juliane] mit der
besten Art beizubringen, daß sie mich nicht als eine gefährliche Hinderung ansehen sollten«, d. h. sie war eine Strategie,
die der »natürlichen Anziehung« der Herzen zu ihrem Recht
verhelfen sollte. Und ebensowenig war Adrasts Affektgeba-
ren für ihn natürlich, sondern das Ergebnis einer »Bitterkeit«, die von der sozialen Klassifikation eines scheinbar alle
Orientierungsnormen der Gesellschaft umstürzenden Freigeists und vor allem von deren Folgen, die Adrast als
»Unglück« registriert, herrührt. Die Verkehrungen des ›vernünftigen‹ Theologen und des ›natürlichen‹ Freigeists lösen
sich im Dialog auf. Im Doppel-Spiel um Liebe und Freundschaft überkreuzen sich die festgelegten Rollenbestimmun-
gen und machen deutlich, daß solche Fixierungen immer das
zugehörige Komplement ausschließen und damit den Menschen mit sich entzweien. Die trotz aller Verkleidungen
erreichte Verbindung des Freigeists mit dem Theologen
führt vor, daß erst im Bezug von ›Vernunft‹ und ›Natur‹
aufeinander die Entzweiung aufhebbar ist.

Dies nun, was als Kern der ›Reflexionsszenen‹ gelten kann,
gewinnt eine komödiantische Anschaulichkeit im überkommenen Motiv der ›Liebe über Kreuz‹. Daß der Freigeist das
herzlich-fromme Mädchen liebt und der Theologe das
lustig-witzige Mädchen und daß – vor allem – beider Neigung auch erfüllt wird, ist eine gewissermaßen visualisierte
Bestätigung dafür, daß die Verbindung von ›Kopf‹ und
›Herz‹ eine Sache der ›natürlichen Anziehung‹ ist. Die ›Vernunft‹, die in einer solchen Bindung liegt, entspricht der
›Natur‹ und wird anschaubar im endlich hergestellten Ord-
nungs-Bild einer Familie.

Damit aber wird das lustspielhafte Gefüge mit seinen Erwartungsnormierungen umgeleitet und auf einen Problemhorizont projeziert, der über den bloßen Genuß im Spiel hinaus Sinnbedürfnisse befriedigt, was für die Typenkomödie der Zeit durchaus ungewöhnlich war. Allerdings – und das unterscheidet den *Freigeist* von *Minna von Barnhelm* – sind Reflexions- und Spielebene hier noch nicht so miteinander verbunden, daß das komödiantische Spiel selbst Erkenntnismedium ist. Dem Scharfsinn des Rezipienten wird eine Assoziationsleistung abverlangt, die das Liebes-Spiel auf den Reflektor der Freundschafts-Diskussion bezieht und von da aus in seinem Erkenntniswert durchschaut. Das reine Lachen, das den Rezipienten in der komödiantischen Behebung von Schwächen eben diese Schwächen als Teil seiner Natur und in dieser Erkenntnis als überwindbar begreifen läßt, ist im *Freigeist* noch überlagert von einem ›Verlach‹-Ansatz, dessen Unfehlbarkeitsbewußtsein allerdings sogleich vom Ernst einer ›Bitterkeit‹ usurpiert wird, in der die Frage nach dem Recht eines solchen Verlachens aufgeworfen ist. Der Verunsicherung des Publikums in der Destruktion seiner Erwartungsnormen entspricht allerdings keine dogmatisch festlegende Alternativnorm, sondern der Appell, Wahrheit und Moral erst im jeweiligen Bezugsfeld von ›Natur‹ und ›Vernunft‹ aufzusuchen. Dem liegt nicht nur eine neue Weise der Wahrheitsbildung zugrunde, sondern auch ein andersartiger Aufbau von dramatischen Figuren und damit die Konzeption einer Menschendarstellung, die Lessing konsequent bis in die Nähe des klassischen Humanitätsideals verfolgt. Daß dies gerade von der Freigeist-Problematik aus versucht wird, gibt diesem Stück die Dimension einer paradigmatischen Auseinandersetzung mit der Gedankenwelt der Frühaufklärung. Dies mag noch einen Hinweis verdienen.

III

Im theologischen Verdikt der Zeit ist der Begriff des Freigeists ein polemischer Begriff, der gleicherweise eine sich von der Offenbarungstradition lösende Wahrheitsgewißheit wie eine sich den überkommenen moralischen Normen verweigernde ethische Haltung kennzeichnete. Im Argumentationskreis der Polemik entspricht der religiösen Bindungslosigkeit moralische ›Flatterhaftigkeit‹. Das ist die beim Begriff des Freigeists assoziierte Problemlage, die die Erwartungen eines Komödien-Publikums in Richtung auf eine Typologie hin steuert, in der durch eindeutige Fehlerzuweisung das überkommene Ordnungsgefüge wiederhergestellt werden kann. Geltende Moral und Erkenntnistheorie stehen zur Debatte, und es ist bedeutsam, wie Lessing im *Freigeist* diese Frage angeht.

Dreißig Jahre später, in *Nathan der Weise*, bemerkt Saladin, der weise Herrscher, dem Tempelherrn gegenüber, der ihm »im Sturm der Leidenschaft, im Wirbel / Der Unentschlossenheit« entgegentritt und der fürchtet, durch die damit gegebenen »Fehler« die Gunst Saladins zu verlieren: »Mich dünkt, ich weiß, / Aus welchen Fehlern unsre Tugend keimt« (IV,4). Was Tugend heißt, ist nicht in abstracto, von einem Gesetz aus, zu entscheiden, sondern erst von den Schwächen als der Ausgangslage her, vor deren Hintergrund sich Tugend abhebt. Dem liegt ein neuartiger Realitätsbezug zugrunde. Was ›wirklich‹ ist, ist notwendig, wenn auch nicht schon per se ›gut‹. Um tugendhaft zu werden, bedarf es des Durchgangs durch das Wirkliche mit all seinen Irrtümern, Entzweiungen und Verwirrungen. Eine der Wirklichkeit prononciert entgegengesetzte Moral ist ohne Lebensbezug: sie ist noch nicht Ethik. Selbstsicherheit in der bloßen Befolgung einer gesetzten Norm ist Verkennung des Wirklichen und damit ein Sich-Ausliefern an eine unkontrollierte Positivität. Umgekehrt allerdings ist das ›Keimen‹ der Tugend in den ›Fehlern‹ der Wirklichkeit ebenso notwendig; ohne sie gäbe es bloßen moralischen Anarchismus. In der Figurenkonstellation des Lessingschen Dramas ist daher – diesem Konzept folgend – das Polarisationsspiel von Personen, die der Wirklichkeit verfallen sind, und solchen, die sich ihr zu entziehen suchen, kennzeichnend. Beide Haltun-

gen – Wirklichkeitsentzug und Wirklichkeitsverfallenheit –
sind, isoliert gesehen, ›Fehler‹. Daraus die ›Tugend‹ zu
entwickeln und damit die in der Person gegebene Güte ihrer
Natur freizulegen ist Lessings dramaturgisches Verfahren.
Dies gilt schon für den *Freigeist*. Adrasts Fehler ist dem des
Tempelherrn vergleichbar, und wie bei diesem soll aus dessen Fehler die Tugend ›keimen‹. Lessing zeichnet eine Figur,
in der die Loslösung von religiösen Bindungen nicht zu einer
dogmatischen Ersatznorm – wie dies für die Mode der
Freigeisterei gilt – geführt ist, sondern der in der damit
verbundenen Orientierungskrise einer Wirklichkeit verfällt,
die auf bloße Erfahrungsfülle reduziert ist. Adrast erfährt
diese Wirklichkeit als ein Netz von Zwängen, die in ihm nur
»Bitterkeit« erzeugen. Auch hier schon wird die Figur nicht
abgeurteilt, sondern in ein – zuweilen tragisch gefärbtes –
Licht des Verständnisses getaucht, das die Richtigkeit von
Adrasts Beobachtung bestätigt. Aber auch wenn dem so ist,
so ist diese Sinnkrise doch nur ein Durchgangsstadium. Wie
Lessing am 30. Mai 1749 gegenüber seinem Vater bemerkt,
daß nur der ein »beßrer Christ« sein könne, »der einmal
klüglich gezweifelt hat und durch den Weg der Untersu-
chung zur Überzeugung gelangt ist oder sich wenigstens
noch darzu zu gelangen bestrebet«, so kann nur der tugendhaft sein, der die Wirklichkeit erfahren hat und von ihr aus
zu Skepsis, Zweifel und Sinnkrise geführt worden ist.
Tugend folgt demnach für Lessing nicht mehr der Nomen-
klatur eines Moralkodexes, sondern ist ein Akzept des ›vernünftigen Worts‹ innerhalb des Erfahrungsfeldes einer als
bitter erlittenen Wirklichkeit. Bei einem solchen Tugendbe-
griff fällt das Präsentationsschema der Typenkomödie in
sich zusammen. Das Auftreten des ›gemischten Charakters‹
mit seiner Individualpsychologie steht am Beginn der neu-
zeitlichen Dramatik.
Was für die Ethik der Figur gilt, entspricht ihrer erkenntnis-
theoretischen Orientierung. Der Freigeist Adrast ist – wie
gesagt – nicht ohne Fehler, aber deshalb ist nicht das, wofür
er steht, grundsätzlich abzuweisen. Zu fragen ist also auch

hier, wie Lessing das ›Positive‹ in der Freigeisterei aus dem ihr anhaftenden ›Negativen‹ heraus-›keimen‹ läßt. Dies entwickelt er in der zentralen Szene IV,3.

Adrast und Juliane treten in ein Gespräch, das dem Vorurteil, der Freigeist sei »ein unbeständiger, leichtsinniger Flattergeist« die Notwendigkeit eines Schlusses »von der Rede auf die Gesinnung« und schließlich das »Wort« der Liebe entgegensetzt: »Nun, nun liegt mein Herz klar und aufgedeckt vor Ihnen da« (IV,4). Es ist also ein Verständigungsdialog, in dem das Gesetz der ›natürlichen Anziehung‹ die Sprache bestimmt. Entsprechend tritt das Selbstverständnis des Freigeistes hinter allen taktischen Verhüllungen offen zutage, in seinen Intentionen wie in seinen Begrenzungen. Aus der Diskussion über einen »Toren«, »welchem nichts als seine Art gefalle und der überall gern kleine Kopien und verjüngte Abschilderungen von sich selbst sehen möchte«, ergibt sich das, was der Freigeist unter Wahrheit versteht. Gegenüber einem Wahrheitsverständnis, das sich in der Sicherheit seines Besitzes zu allem eine Meinung bildet und auf alles eine Antwort hat, ist hier die Perspektive des Suchenden entworfen, der das Stadium des Freigeists als eine Haltung versteht, frei zu werden von allen dogmatischen Fixierungen, von der Wahrheit als ›Münze‹, die Interessen verpflichtet ist und sie durchzusetzen versucht. Daß dies »Wahre«, dem Adrast nachzuspüren sucht, zunächst als das »Sonderbare« erscheint, »liegt nicht an der Wahrheit«, sondern »an den Menschen« und an der von ihnen gestalteten Wirklichkeit. Allerdings erscheint dieser Freigeist in Wahrheitsdingen als so sensibel, daß sein Prinzip der eigenen Prüfung, der unorthodoxen Blickweise, nicht einmal Nachfolger duldet und so ohne Resonanz nur seinen eigenen Weg verfolgt. Nicht nur die Radikalität dieses Ansatzes, sondern auch seine soziale Untauglichkeit, bricht durch, wenn Adrast feststellt: »Wenn meine Meinungen zu gemein würden, so würde ich der erste sein, der sie verließe, und die gegenseitigen annähme.«

Wahrheit als Suche nach Wahrheit – diese für den späten

Lessing so bekannte erkenntnistheoretische Haltung gilt schon für den *Freigeist*. Der Begriff des ›Freigeists‹ ist somit bestimmbar von einem Verfahren der Kritik aus, das sich allen dogmatischen Festlegungen entzieht und durch selbständige Prüfung die Bedingung für Wahrheit schafft. Allerdings nur die Bedingung: denn die Konsequenz dieser radikalen Erkenntniskritik ist – so bei Adrast – ein Skeptizismus, der in seiner sozialen Absonderung voller Verblendung die Wahrheit verfehlen kann. Sofern es dem Freigeist »unmöglich« ist, »zu glauben, daß die Wahrheit gemein sein könne«, wird er für Lessing zum Menschenverächter, der seine Wirklichkeitserfahrungen isoliert und damit eine sinnvolle Vernunftordnung negiert. Er muß sich den Vorwurf Julianes gefallen lassen: »Wie elend sind die Menschen, und wie ungerecht ihr Schöpfer, wenn Sie recht haben, Adrast!« Was an dieser Haltung Adrasts fehlerhaft ist, wird von der Frage der Religion her erörtert. Hatte ausgerechnet der Freigeist an Henriette abstoßend gefunden, daß sie »Pflicht, Tugend, Anständigkeit, Religion [...] ihrem Spotte« aussetzt, so will er nun die Religion allein dem »Pöbel« als Beruhigung und dem »schönsten Teil« des »menschlichen Geschlechts« als eine »Art von Schminke« – wie Juliane konstatiert – zubilligen. Dem hält Juliane allerdings entschieden die »Schönheit der Seele« entgegen, die »in würdigen Begriffen von Gott, von uns, von unsern Pflichten, von unserer Bestimmung« bestehe: »Was kann uns zu wahrern Menschen, zu bessern Bürgern, zu aufrichtigern Freunden machen, als sie?« Und eben dieser »Ton« in ihrem Munde – im Gegensatz zum »Geplärre« Theophans – ist es, der »Macht« über Adrast ausübt, so daß er zu der »Person« hingezogen wird, »die ich einzig liebe, die ich anbete« (IV,4). An diesem »Geheimnis« Adrasts zeigt sich, daß die »natürliche Anziehung« seine Theorien Lügen straft, daß die »Entdeckung« der Liebe zugleich die Aufdeckung der »Tugend« im »Fehler« bedeutet. Aber dies heißt nun nicht, daß der Freigeist sich aufgibt und der Religion unterwirft, sondern – erkennbar an den allgemein-menschlichen Formeln, mit denen die Religion beschrieben wird – der Akzept einer allem Wirklichen innewohnenden »Bestimmung«. Seiner Wirklichkeitsverfallenheit tritt ein Ordnungsgedanken zur Seite, der der kritischen Suche nach Wahrheit die Gewißheit zu geben vermag, der »wahren Bestimmung« des Menschen nachzuspüren und so Sinn zu stiften.

Von welcher Seite aus auch immer der Zugang zu diesem Stück gesucht wird, so führt er auf diesen Gedankenkreis einer Verbindung von Wirklichkeitsnähe und Vernunftordnung als Zugang zur Wahrheit. Inhaltlich stellt Lessings Stück eine Rehabilitierung der Freigeist-Haltung dar, sofern deren Ansatzpunkt für wertvoll und notwendig und deren Fehler für überwindbar erachtet werden. Lessings »eigene Art« gegenüber de Lisles Vorbild besteht also in der Präsentation eines Stückes, das die Typenkomödie von der Problemstellung her überwindet und dem am ehesten der Begriff einer ›philosophischen Komödie‹ angemessen ist. Ob er damit allerdings schon – wie er seinem Vater gegenüber vermutete – die Theologen für die Komödie zu gewinnen vermochte, muß – und dies nicht nur vom komödiantischen Spielgerüst her – bezweifelt werden. Die schon angesprochenen dreißig Jahre später sah sich Lessing erneut genötigt, den Theologen mit einer ›philosophischen Komödie‹ – diesmal mit dem Kennzeichen »dramatisches Gedicht« bedacht – zu antworten. Und auch *Nathan der Weise* hat wohl nicht die Theologen zu bewegen vermocht, ihre »Kanzel« mit der Lessings zu vertauschen, von der das Wort einer Humanität »gepredigt« wurde, die eine Sinnordnung auf eine naturimmanente Vernunft zu gründen versuchte.

Interpretationen

IN RECLAMS UNIVERSAL-BIBLIOTHEK

Philipp Reclam jun. Stuttgart

Gotthold Ephraim Lessing

IN RECLAMS UNIVERSAL-BIBLIOTHEK

Philipp Reclam jun. Stuttgart

MW00963249

Hope
of the
Ages

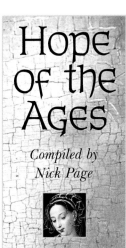

Hope
of the
Ages

Compiled by
Nick Page

Regina Press
New York

This edition published 2000 by Regina Press,
10 Hub Drive, Melville, NY 11747, USA
ISBN 0-88271-725-1

Published in association with
National Gallery Publications,
5/6 Pall Mall East, London SW1Y 5BA

All illustrations reproduced courtesy of the
Trustees of the National Gallery, London

10 9 8 7 6 5 4 3 2 1 0

Originally published and copyright © 1999
by Lion Publishing plc, Sandy Lane West,
Oxford, England

A catalogue record for this book is available
from the British Library

Typeset in 11/14 Caslon OldFace
Printed and bound in Singapore

What oxygen is to the lungs,
such is hope for the meaning of life.
Emil Brunner

Introduction

We need hope. St Paul, writing in the first century, identified faith, hope and love as the three great virtues. Without these, life is not worth living.

There are times, though, when hope can seem far away, and we long for comfort and reassurance. This book, beautifully illustrated with details from fine art pictures in the National Gallery collection in London, captures a spirit of hope drawn from 2,000 years of Christian experience.

Here is a message of comfort born of the suffering of many of the writers. Through their experiences, their thoughts and prayers, we are given fresh encouragement and hope. Their words have the power to lift us up and lead us on towards the hope of the world and the light of a new dawn.

The mystery of God

God moves in a mysterious way
his wonders to perform;
he plants his footsteps in the sea,
and rides upon the storm.

Deep in unfathomable mines
of never-failing skill
he treasures up his bright designs
and works his sovereign will.

Ye fearful saints, fresh courage take:
the clouds ye so much dread
are big with mercy, and shall break
in blessings on your head.
William Cowper

Aelbert Cuyp, The Maas at Dordrecht in a Storm

Out of the depths

Heaven knows terrible things happen to people
in this world. The good die young, and the
wicked prosper, and in any one town, anywhere,
there is grief enough to freeze the blood. But
from deep within, whatever the hidden spring
is that life wells up from, there wells up into our
lives, even at their darkest, and maybe especially
then, a power to heal, to breathe new life into us.
And in this regard, I think, every person is a
mystic, because everyone at one time or another
experiences in the thick of joy or pain the power
out of the depths of life to bless.

Frederick Buechner

Do not be afraid

If you have a fearful thought, do not share it
with someone who is weak; whisper it to your
saddle-bow, and ride on singing.

King Alfred of Wessex

Netherlandish School,
The Magdalen Weeping

He is sufficient

Let nothing disturb you,
nothing frighten you;
all things are passing;
God never changes;
patient endurance
attains all things;
whoever possesses God
lacks nothing;
God alone suffices.

St Teresa of Avila

The rainbow

Oh joy that seekest me through pain,
I cannot close my eyes to thee:
I trace the rainbow through the rain,
and feel the promise is not vain,
that morn shall tearless be.

George Matheson

Georges Seurat,
The Rainbow

Real change

Hope alone is to be called 'realistic', because it alone takes seriously the possibilities with which all reality is fraught. It does not take things as they happen to stand or to lie, but as progressing, moving things with possibilities of change.

Jürgen Moltmann

Swallow's wings

True hope is swift, and flies with swallow's wings; kings it makes gods, and meaner creatures kings

William Shakespeare

Sometimes

The sun will sometimes melt a field of sorrow that seemed hard frozen: may it happen for you.

Sheenagh Pugh

That special feeling

Hope is the feeling you have that the feeling
you have isn't permanent.

Jean Kerr

Master of Liesborn,
The Adoration of the Kings

Everyone sang

Everyone suddenly burst out singing;
and I was filled with such delight
as prisoned birds must find in freedom,
winging wildly across the white
orchards and dark-green fields;
on – on – and out of sight.

Everyone's voice was suddenly lifted;
and beauty came like the setting sun:
my heart was shaken with tears; and horror
drifted away… O, but Everyone
was a bird; and the song was wordless;
the singing will never be done.

Siegfried Sassoon

Do not cry

you should hear that I have fallen in battle, do
ot cry. Remember that even the ocean in which
y body sinks is only a pool in my Savior's hand.

nonymous German sailor, quoted by Helmut Thielicke

Gustave Courbet, Beach Scene

Love and peace

'After sharp showers,' said Peace,
'how shining the sun!
There's no weather warmer,
than after watery clouds.
Nor any love that has more delight,
nor friendship fonder,
than after war and woe,
when Love and Peace are the masters.

Never was war in this world,
nor wickedness so cruel,
but that Love, if he liked,
could bring all to laughing,
and Peace, through patience,
put stop to all perils.'
William Langland

Simon Denis, Sunset in the Roman Campagna

Point of view

Ah, Hope! What would life be, stripped of thy
encouraging smiles, that teach us to look behind
the dark clouds of today, for the golden beams
that are to gild the morrow.

Susannah Moodie

We are all in the gutter, but some of us are
looking at the stars.

Oscar Wilde

'Twixt optimist and pessimist
the difference is droll:
the optimist sees the doughnut;
the pessimist sees the hole.

Emily Dickinson

Girolamo da Carpi,
The Adoration of the Kings

A song of ascents

I lift up my eyes to the hills –
where does my help come from?
My help comes from the Lord,
the Maker of heaven and earth.

He will not let your foot slip –
he who watches over you will not slumber;
indeed, he who watches over Israel
will neither slumber nor sleep.

The Lord watches over you –
the Lord is your shade at your right hand;
the sun will not harm you by day,
nor the moon by night.

The Lord will keep you from all harm –
he will watch over your life;
the Lord will watch over your coming and going
both now and for evermore.

The Book of Psalms

Ary Scheffer,
Saints Augustine and Monica

Possibilities

When one door of happiness closes, another opens; but often we look so long at the closed door that we do not see the one which has been opened for us.

Helen Keller

If you do not hope, you will not find out what is beyond your hopes.

St Clement of Alexandria

Rise up

Be patient with everyone, but above all with yourself. I mean, do not be disheartened by your imperfections, but always rise up with fresh courage.

St Francis de Sales

Just remember – when you think all is lost, the future remains.

Robert Goddard

Giovanni Battista Piazzetta,
The Sacrifice of Isaac

The three virtues

I am, God says, Master of the Three Virtues...

It is Faith who holds fast
through century after century.
It is Charity who gives herself
through centuries of centuries,
but it is my little hope
who gets up every morning...

It is Faith who watches
through centuries of centuries.
It is Charity who watches
through centuries of centuries.
But it is my little hope
who lies down every evening
and gets up every morning
and really has very good nights...

Charles Péguy

Lippo di Dalmasio,
The Madonna of Humility

Hope of the years

O little town of Bethlehem,
how still we see thee lie!
Above thy deep and dreamless sleep
the silent stars go by.
Yet in thy dark streets shineth
an everlasting light;
the hopes and fears of all the years
are met in thee tonight.

Phillips Brooks

Giovanni Battista Pittoni,
The Nativity with God the Father and the Holy Ghost

The awakening of life

When hope does awaken, an entire life awakens along with it. One comes fully to life. It begins to seem indeed that one has never lived before. One awakens to a life that is eternal in prospect, a life that opens up before one all the way to death and beyond, a life that seems able to endure death and survive it. Wherever hope rises, life rises.

John S. Dunne

Change the world

That is the hope that inspires Christians. We know that every effort to better society, especially when injustice and sins are so ingrained, is an effort that God blesses, that God wants, that God demands of us.

Oscar Romero

Bernardo Cavallino,
Christ Driving the Traders from the Temple

Nothing can separate us

I am convinced that there is nothing in death or life… nothing in all creation that can separate us from the love of God in Christ Jesus our Lord.

St Paul the Apostle

Life in death

The joy of God has been through the poverty of the crib and the distress of the cross; therefore it is insuperable, irrefutable. It does not deny the distress where it is, but finds God in the midst of it, indeed precisely there; it does not contest the most grievous sin, but finds forgiveness in just this way; it looks death in the face, yet finds life in death itself.

Dietrich Bonhoeffer

Peter Paul Rubens,
The Coup de Lance

The promised land

I've been to the mountain top. And I've looked over, and I've seen the promised land… I'm not fearing any man. Mine eyes have seen the glory of the coming of the Lord.

Martin Luther King Jr

The eternal vision

The idea of heaven is the legacy of the most radical and most central hope. Heaven is the central and innermost significance of everything that man has ever hoped.

Ladislaus Boros

Hope is the struggle of the soul, breaking loose from what is perishable, and attesting her eternit

Herman Melville

Francisque Millet,
Mountain Landscape, with Lightning

Farther up and farther in

The difference between the old Narnia and the new Narnia was like that. The new one was a deeper country: every rock and flower and blade of grass looked as if it meant more. I can't describe it any better than that: if you ever get there you will know what I mean.

It was the Unicorn who summed up what everyone was feeling. He stamped his right fore-hoof on the ground and neighed and then cried:

'I have come home at last! This is my real country! I belong here. This is the land I have been looking for all my life, though I never knew it till now. The reason why we loved the old Narnia is that it sometimes looked a little like this… Come farther up and farther in!'

C.S. Lewis

Vincent van Gogh, Long Grass with Butterflies

Up-hill

Does the road wind up-hill all the way?
  Yes, to the very end.
Will the day's journey take the whole long day?
  From morn to night, my friend.

But is there for the night a resting-place?
A roof for when the slow dark hours begin.
May not the darkness hide it from my face?
  You cannot miss that inn.

Shall I meet other wayfarers at night?
  Those who have gone before.
Then must I knock, or call when just in sight?
  They will not keep you standing at that door.

Shall I find comfort, travel-sore and weak?
  Of labor you shall find the sum.
Will there be beds for me and all who seek?
  Yea, beds for all who come.

Christina Rossetti

Nicolas Poussin,
Landscape in the Roman Campagna

The task

We are a pilgrim people, a people who have decided never to arrive, a people who live by hope, energized not by what we already possess, but by that which is promised: 'Behold, I create a new heaven and a new earth.'

Sure, it's tiring and it's tough. Imagination comes harder than memory, and faithfulness is more demanding than success. But so what if we fail? Remember, we are not required to finish the task – any more than we are allowed to put it aside.

William Sloane Coffin

Pieter Lastman,
The Rest on the Flight into Egypt

The pilgrimage of hope

Give me my scallop-shell of quiet,
my staff of faith to walk upon,
my scrip of joy, immortal diet,
my bottle of salvation,
my gown of glory, hope's true gage,
and thus I'll take my pilgrimage.

Walter Raleigh

Attributed to Bartolomé Esteban Murillo,
St John the Baptist in the Wilderness

Let's dance

You may dance the tune played by the present
reality. Your style of life will be realistic and
pragmatic. Or you may choose to move your
body under the spell of a mysterious tune and
rhythm which come from a world we do not see,
the world of our hopes and aspirations. Hope
is hearing the melody of the future. Faith is to
dance it.

Rubem A. Alves

Lorenzo Costa,
The Story of Moses (The Dance of Miriam)

Welcome, day!

The last words of Mr Despondency were,
Farewell, night; welcome, day!
His daughter went through the river singing,
but none could understand what she said.

John Bunyan

The final blessing

All shall be well, and all shall be well,
and all manner of things shall be well.

Julian of Norwich

Ambrosius Benson,
The Magdalen Reading

Text acknowledgments

14: 'Sometimes' from *Selected Poems*, copyright © 1990 Sheenagh Pugh, published by Seren Books, Poetry Wales Press. Used by permission of the author. 16: 'Everyone Sang', copyright © 1920 by E.P. Dutton, copyright renewed 1948 by Siegfried Sassoon, from *Collected Poems of Siegfried Sassoon* by Siegfried Sassoon. Used by kind permission of George Sassoon and of Viking Penguin, a division of Penguin Putnam Inc. 22: Psalm 121, quoted from the *Holy Bible, New International Version*, copyright © 1973, 1978, 1984 by International Bible Society. Used by permission. 32: Romans 8:38–39, quoted from the Revised English Bible, copyright © 1989 Oxford University Press and Cambridge University Press. 36: extract taken from *The Last Battle*, C.S. Lewis, published by HarperCollins Publishers Ltd.

Picture acknowledgments

All pictures are copyright © The National Gallery, London.

Cover: NG 3091 The Virgin and Child with Four Saints (detail), Francesco Bonsignori. 8–9: NG 6405 The Maas at Dordrecht in a Storm (detail), Aelbert Cuyp. 10–11: NG 3116 The Magdalen Weeping (detail), Netherlandish School. 12–13: NG 6555 The Rainbow (detail), Georges Seurat. 14–15: NG 258 The Adoration of the Kings (detail), Master of Liesborn. 16–17: NG 6396 Beach Scene (detail), Jean-Désiré-Gustave Courbet. 18–19: NG 6562 Sunset in the Roman Campagna (detail), Simon Denis. 20–21: NG 640 The Adoration of the Kings (detail), Girolamo da Carpi. 22–23: NG 1170 Saints Augustine and Monica (detail), Ary Scheffer. 24–25: NG 3163 The Sacrifice of Isaac (detail), Giovanni Battista Piazzetta. 26–27: NG 752 The Madonna of Humility (detail), Lippo di Dalmasio. 28–29: NG 6279 The Nativity with God the Father and the Holy Ghost (detail), Giovanni Battista Pittoni. 30–31: NG 4778 Christ Driving the Traders from the Temple (detail), Bernardo Cavallino. 32–33: NG 1865 The Coup de Lance (detail), Peter Paul Rubens. 34–35: NG 5593 Mountain Landscape, with Lightning (detail), Francisque Millet. 36–37: NG 4169 Long Grass with Butterflies (detail), Vincent van Gogh. 38–39: NG 6391 Landscape in the Roman Campagna (detail), Nicolas Poussin. 40–41: L 162 The Rest on the Flight into Egypt (detail), Pieter Lastman. 42–43: NG 3938 St John the Baptist in the Wilderness (detail), attributed to Bartolomé Esteban Murillo. 44–45: NG 3104 The Story of Moses (The Dance of Miriam) (detail), Lorenzo Costa. 46–47: NG 655 The Magdalen Reading (detail), Ambrosius Benson.